大漠荒草家的宠物
仔仔

杨千紫家的宠物
真真、小小咪、Judy、善美

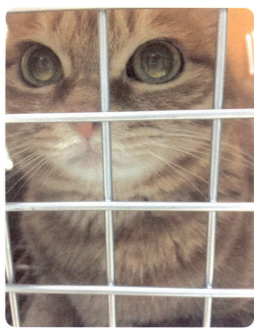

彭 柳 蓉 家 的 宠 物

她爸的"私生子"

风魂家的宠物

阿焱（狗）/ 咪咪（猫）

李李翔家的狗狗

两色风景家的宠物
可咪

世界不离不弃,只因有你在身边

沈嘉柯 ——— 等著

北京理工大学出版社
BEIJING INSTITUTE OF TECHNOLOGY PRESS

版权专有 侵权必究

图书在版编目（CIP）数据

世界不离不弃，只因有你在身边 / 沈嘉柯等著. --北京：北京理工大学出版社，2019.1
ISBN 978-7-5682-1112-3

Ⅰ.①世… Ⅱ.①沈… Ⅲ.①散文集—中国—当代 Ⅳ.①I267

中国版本图书馆CIP数据核字（2018）第250296号

出版发行 / 北京理工大学出版社有限责任公司
社　　址 / 北京市海淀区中关村南大街5号
邮　　编 / 100081
电　　话 /（010）68914775（总编室）
　　　　　（010）82562903（教材售后服务热线）
　　　　　（010）68948351（其他图书服务热线）
网　　址 / http://www.bitpress.com.cn
经　　销 / 全国各地新华书店
印　　刷 / 三河市金元印装有限公司
开　　本 / 889毫米×1194毫米　1/32
印　　张 / 6.75　　　　　　　　　　　　责任编辑 / 王晓莉
字　　数 / 121千字　　　　　　　　　　　文案编辑 / 王晓莉
版　　次 / 2019年1月第1版　2019年1月第1次印刷　责任校对 / 周瑞红
定　　价 / 36.00元　　　　　　　　　　　责任印制 / 施胜娟

图书出现印装质量问题，请拨打售后服务热线，本社负责调换

目 录
CONTENTS

猫是严师，我为高徒 / 老杨的猫头鹰 · 001

人生苦短，先陪猫玩 / 沈嘉柯 · 011

给我最爱的猫少年 / 大漠荒草 · 017

关于猫性 / 姜宛依 · 027

吸猫过敏症患者的猫们 / 彭柳蓉 · 031

"闷骚男"养猫记 / 苏小旗 · 035

可咪丢了 / 两色风景 · 055

三寸温存 / 萧天若 · 075

我和我的猫都开始想你了 / 苏画弦・105

心心念念,都是再见 / 黄镜滔・117

爱丽丝和三月兔 / 夏眠・133

养猫如爱你 / 杨千紫・141

猫、狗、太后和我 / 风魂・165

生命中应当承受的轻微 / 高瑞沣・179

因为牵绊,所以坚强 / 李李翔・191

猫是严师,我为高徒

——老杨的猫头鹰

01

乔小琪的猫叫Paysan，是一只折耳猫。

她在介绍这只折耳猫的时候，称其为"初恋的遗物"。但实际上，她的初恋还活着，而且活得比她好。

追求乔小琪的时候，那个男生变着花样送来讨喜的礼物，想着法子说挠心挠肝的情话。

比如送来Paysan的那天，他的留言是："无论在哪里遇见你，我觉得我都会喜欢你；不管遇见你多少回，我觉得我都会爱上你。我要像这只猫一样陪着你，陪你朝朝暮暮，陪你亘古亘今！"

很快，乔小琪的心就被他攻陷了。

可惜这场恋爱只谈了三个月——那个口口声声说要陪乔小琪一辈子的男生，却给她戴了一顶漂亮的绿帽子。

愤怒的乔小琪把男生送给她的所有礼物都扔进了垃圾桶，唯独这只猫，她留了下来。

乔小琪咬着后槽牙、指着窗外的皑皑白雪，对沙发上打盹的Paysan喊道："我收留你，只是好心，不是真心，所以你不许烦我！你要知道，不是所有的关系，都要赌上真心。"

Paysan冷冷地白了乔小琪一眼，像是听完了一个笨蛋的抱怨，连一句批评都懒得说，就甩过去一副"你看着办"的表情。然后，这个一团黑的家伙从沙发上优雅地跳到地板上，傲娇地踱着步子，一脸神气地回了它的专属小窝。

往后的日子，一人一猫只能用"还算相安无事"来形容。

乔小琪忙着自我拉扯——"他为什么突然就不爱我了"，而那只猫则忙着看乔小琪的笑话。

于是，一人一猫的日常就变成了这样。

当乔小琪在被窝里啜泣、大骂那个负心人的时候，这只猫就蹲在离床头不远的地方，只是蹲着，不吵不闹，像是一位极有涵养的绅士在安静地欣赏一出悲剧。

当乔小琪因为工作烦心和感情受挫而变得心灰意冷、食欲全无的时候，这只猫就会将猫粮嚼得"咯嘣"响，像是个粗鄙的俗人，边吃东西，边吧唧嘴。

乔小琪也想找Paysan的碴，给它一点儿颜色瞧瞧，但Paysan没有给她太好的机会。因为它既不乱喊乱叫，也不损害公物，每天只是按时吃喝，规矩地如厕……

像是电影里那种很厉害的坏人——让你抓不到半点儿把柄。

乔小琪下班回家，Paysan从不出来迎接，更别说讨好式地蹭人小腿了。反倒是乔小琪，越来越期待Paysan能制造一点儿动静，以确定它的存在。

乔小琪将这种"期待"解释为责任心，认为自己只是怕这只猫走丢了。但她很快就意识到，其实是自己需要这只猫，需要借助它的声音，来确认自己没丢。

在乔小琪时而焦急、时而责备、时而威胁的声声"召唤"之后，傲娇的Paysan偶尔会大发慈悲地回复一个短小精悍的"喵"音。

这一声"喵"和朋友圈里的某些点赞行为很类似，都属于高冷的"外交辞令"，仿佛是在淡淡地说："朕知道了！"

慢慢地，乔小琪认识到，初恋男友和自己的关系与自己和这只猫的关系实际上是一样的：一样的不平等——只有其中一方享有开始或者结束这段关系的决定权。

但Paysan用实际行动告诉乔小琪：就算是处于弱势，也要有姿态。而不是一心想着赶紧把自己送出去，还讨好地说："包邮哦，亲！"

当乔小琪把苦恼了自己无数次的"为什么追求我又背叛我""为什么明明爱着我又突然不爱了"的问题抛给正在进食的

Paysan时，Paysan迅速抛回来一个凌厉的白眼，像是在嘲笑她：只不过是一起走了一段路而已，何必把怀念弄得比经过还长？

当乔小琪把后来的追求者送给她的礼物展示给Paysan看的时候，Paysan扭头就走开了，像是在无声地提醒她：在弄清楚对方是人是鬼之前，千万别急着掏心掏肺。

无常的人生中，谁还没谈过几场不靠谱的恋爱？

难搞的命运里，谁又能躲得了那些冒失的不速之客？

可真实的命运往往是这样的："不速之客"远比"有速之客"多得多。因此如何应付"不速之客"就成了每个人成长的必修课。

既然都是客，就别拒绝，也不必悔恨，怨天尤人是多余的，愁眉苦脸也纯属浪费表情。将这些客尽快送走，然后继续过自己想过的生活，这才是聪明人的做法。

然后，将那些"想让人同情""想让人关心""想让人解释清楚"的情绪转换成一种内在的尊严感，伤口才会慢慢转化为精神遗产。

往后的日子里，乔小琪和这只猫依然是老死不相往来的相处模式，可是都谨慎地遵循着相同的生活理念：无论何时何地，都要将自己奉为上宾，因为自己才是和自己分歧最小的人，自己才是陪伴自己时间最长的人。

猫是严师，我为高徒

02

如果说，乔小琪与Paysan之间的相处之道，是努力保持距离感的话，那么，我和矿工先生之间的感情升华，就是一个互相制造灾难的过程。

矿工先生是我养过的一只暹罗猫，因为长着一张"挖过煤"的脸，故得此大名。

矿工先生是那种典型的没有自知之明的主儿。卖起萌、耍起疯来，俨然是一位训练有素的高手。在历届的"朋友圈杯选丑猫大赛"中，它也是屡获殊荣！

我妈第一次见它，它就围着我妈转，我妈走到哪里，它就飞快地跟到哪里。等我妈坐下了，它就双"手"合十地立着，像是个乖巧的小孩在你面前撒娇……但我妈并不买账，而是一脸狐疑地扭头问我："你就别养猫了，抓紧时间找个女朋友吧！"

我不解地问："养猫和找女朋友有什么冲突？"

我妈说："你就是因为太孤独了，所以才养猫。而且还是养这么丑的猫，我担心它拉低了你的审美。咱们要养也得养类似于加菲那样的，大饼脸像是被屁股压过，愁容满面像是被坏人揍过，怎么看都有一种有背景、有身份的贵族相。"

我反问道:"我被它的屁股压过,也被它揍过,您看我有贵族相吗?"

有人说,猫的大脑只有一个柠檬那么大。言外之意,就是智商堪忧。

但矿工先生的智商显然要高"猫"一筹,以至于我怀疑它是猫族的"爱因斯坦"。

比如,它只用了两三天就分清了家人和外人。但凡是听见家庭成员回家了,都会屁颠屁颠地迎过去,又是抱,又是叫,又是挠,一点儿猫的品行都没有,倒是有几分狗的模样!

比如,它会察言观色。当食盘里没粮了,它就会当着铲屎官的面嗷嗷乱叫,铲屎官若是视而不见或听而不闻,它会暂停叫唤,然后从不同方向朝你猛扑,引起你的注意之后,再接着嗷嗷乱叫,直到你给它倒满猫粮。

除了智商"喜"人,矿工先生的情商也很高。它丝毫没有猫族该有的高冷,其黏人和烦人程度已经到了"不要脸"的境界。

家里所有的东西它都要抓一下,所有立着的物体它都要扑一下。玩高兴了,它会轻轻地咬你两下;谁打搅它进食或睡觉了,它会轻轻地咬你两下;谁无意从它身边经过,它照样会轻轻地咬你两下。

最可恨的是,无论是把花瓶碰到地上,还是将新买的沙发挠出几道口子，矿工先生总能装出一种"绝对不是我"的假象，挂在它脸上的，永远是一副世界上最合法的表情。

在挠坏了三块窗帘、咬破了五双鞋、撕烂了七块沙发垫之后，我妈的耐心用完了，趁我出差的时候给矿工先生做了绝育手术。

等我回家见到矿工先生时，它的表情表露了它内心深处的绝望和悲伤，以及对全人类的强烈抗议。

以前谁要是扔给矿工先生一个玩具，它一定会疯狂地扑腾好半天。现在只会谨慎地瞟一眼，然后往沙发上一趴，双目呆滞，一副陷入沉思的状态。

矿工先生以前的叫声是"嗷嗷"，是血气方刚的那种，就像在喊"铲屎官，你马上、立刻、现在就过来陪我玩"。现在的叫声是"喵喵"，是温柔且隐忍的，就像在说"谢谢您的鱼罐头，也谢谢您的狠心"。

就这样，绝育之前的那个热热闹闹的"痞子英雄"消失了，取而代之的是一个有严重思想包袱的"小正太"。

它不再用四脚朝天的姿势睡觉，不再热情地迎接家人，也不再关心谁从它身边走过。给人的印象只能用四个字形容："奉旨消停"。

然而，在给它喂了一个星期的鱼罐头之后，它身上的那股冷漠和怨念很快就消失了。

它依旧黏人，但不再疯癫，而是变得温和、安静。比如，跳到我的大腿上，枕着尾巴睡觉；又或者爬到沙发上，安静地做个美男子……

原来，原谅是悄无声息的。

原谅虽不能让已经发生的事情恢复原状，但原谅可以让已经发生的灾难不再继续产生伤害。

是的，矿工先生原谅我了。

它的内心独白大概是："犯错是人之常情，宽恕乃猫之大德。"

03

后来，乔小琪搞清楚了生活的真相是接受，理解了生活不是"我要好好表现，别人就会喜欢我"，而是"就算别人不喜欢我，我也要把自己的日子过得很好"。

后来，我懂得了内心强大的秘诀是原谅。对那些在人海里踩过我一脚的人，我会继续对他们微笑，毕竟，我是他们上辈子回

猫是严师,我为高徒

了五百次头去找的人。

当一个人学会了接受和原谅,他就会发现:生活简直无心可操,世事竟然皆可原谅。

有人喜欢你,自然有人讨厌你,你要学着用"被人在乎"的喜悦,去排遣"被人嫌弃"的烦恼。

有人赞美你,自然有人批评你,你要尝试用"被人赞美"的成就感,去为"被人批评"的挫败感埋单。

有人爱你,自然有人伤害你,你要努力用"热气腾腾"的爱,去抵御"不速之客"带来的伤害。

生而为人,你不能让这个世界,为你提心吊胆。因为,生活本就该如此啊!

> 老杨的猫头鹰:用后脑勺盯着这个功利世界的"85后"猫奴,惜时惜命,喜炙热的文字揭穿并非静好的岁月。不负责疼爱你,只想要唤醒你。其代表作有《最怕你一生碌碌无为,还安慰自己平凡可贵》。

人生苦短，先陪猫玩

——沈嘉柯

先讲个正经的事，有一年去北大找我的书呆子同学玩。那里有一片是给老教授们住的宅子。有的因为大师曾居住过，所以宅子达到了文物级别。

那天天气不错，在一个花坛边，有五六只大白波斯猫懒洋洋地打着瞌睡。同学说道："这些猫不愁吃喝。总会有学生逗它们玩，给它们鱼啊、剩菜呀什么的。你看那个屋子，据说季羡林老先生养了一只白猫。白天的时候，猫会跟随老先生出去散步，一起上山，再一起下山。都成了燕园中的一道风景。"

我附和："啊，好一道亮丽的风景线。"

同学一脸神往："你觉不觉得好有学术范，我都想变成猫，跟着老先生散步，被老先生喂吃的，没准还能沾点灵气。"

我想了想，回答她："哦，不觉得。我发现大师们喂过的猫，更肥！"

"没有你胖。"同学怒了，遂绝交三个小时。

我还认识一对奇葩情侣，男的我们叫他"馒头先生"，女的我们叫她"包菜小姐"。去他们家玩的时候，电视上刚好重播琼瑶奶奶的电视剧。于是，我们聊起来琼瑶奶奶最经典的台词是什么。包菜小姐说："你是风儿我是沙。"馒头先生说："缠缠绵绵到天涯。"

包菜小姐又模仿紫薇含泪诉说："她说你们一起看雪看星星看月亮，从诗词歌赋谈到人生哲学……我都没有和你一起看雪看星星看月亮，从诗词歌赋谈到人生哲学。"

馒头先生则模仿尔康深情对答："都是我的错我的错，我不该和她一起看雪看星星看月亮，从诗词歌赋谈到人生哲学……我答应你，今后只和你一起看雪看星星看月亮，从诗词歌赋谈到人生哲学……"

角色扮演就像古人吸鸦片，他们越来越起劲，或指桑骂槐，或借演戏表达真情实意。作为观众，我觉得越来越不对劲，于是往沙发角落挪。很快，他们拿出了致命对白。

包菜小姐："今天你说我做饭你刷碗，你不只没刷还弄得地上脏兮兮的。你无情，你残酷，你无理取闹！"

馒头先生："那你就不无情，不残酷，不无理取闹？！我这个月发的工资还给你买了兰蔻小黑瓶。"

包菜小姐："我哪里无情？！哪里残酷？！哪里无理取

闹？！别人男朋友都给女朋友买一套，你才一瓶。"

馒头先生愤怒了："你哪里不无情？！哪里不残酷？！哪里不无理取闹？！"

包菜小姐："我就算再怎么无情、再怎么残酷、再怎么无理取闹，也不会比你更无情、更残酷、更无理取闹！"

馒头先生大吼："你有。"

包菜小姐大喊："你放屁。"然后她抓起旁边的重量级波斯猫砸过去。

馒头先生大叫一声，倒在沙发上，一嘴猫毛，三道血痕。波斯猫完全不知道发生了什么事，抱着馒头先生的脸，叫了两声，继续坐回沙发舔脚。

这一幕，简直让作为"吃瓜群众"的我瞠目结舌。

古龙说过："高手对招，一花一叶，都是最厉害的武器。"原来猫也是。

最后，再说说我的猫友阿蛮。上次我们闲扯聊天，她说："从前有一只猫，叫大咪，好可爱。然而，大咪的主人总是交不到男朋友，好不容易交到一个，可是很快就分手了。你知道为什么吗？"

"为什么呢？"

"因为大咪的主人是个平胸。每次她叫猫时，男朋友就会看她一眼,然后陷入沉思。"

虽然是个冷笑话,但坐在冬天开了最大暖气的房间,我还是哆嗦了一下。

通过这三个故事,总结出了三个人生道理:第一,庄子云,生有涯知无涯,做学问也不耽误长肥啊。第二,人若犯我,我必放猫。第三,人生苦短,我还是先陪我的猫玩。

> 沈嘉柯:著名作家、评论家。从1999年起,写作了大量的古典诗词赏析文章,发表于全国各大报纸文学副刊。已出版《你值得拥有这世界的美好》《你好,我的粗茶淡饭》等50多本散文集、长篇小说和杂文随笔集。作品畅销百万册。蝉联2015年、2016年影响力作家文学贡献奖。

给我最爱的猫少年

——大漠荒草

01

前前后后，我养过三只猫咪，但它们现在都已不在我身边。我承认，人的感情永远不会一碗水端平，可每次看到街边的流浪猫，我最先想起的永远是他。那只叫"仔仔"的猫，能让我思念到流泪。

仔仔是我从流浪动物志愿者那里领养回来的，初衷是为了找一只同龄的异性猫咪和我那只从小宠到大的家养猫"贱贱"做伴。为了选个好伙伴，我跑了几个领养点，最后在看到他的照片时立刻做了决定：我就要这只。

照片上的猫俨然一个黑白小警长，耳朵上有一块缺口，这是流浪猫做绝育后特有的标记，有些警惕的眼神，让人一下子心疼起来。送养的志愿者提醒我说，是只流浪了挺久的猫，抓回来时间不短，性格有点孤僻，始终不亲近人，要我做好心理准备。我说放心，不亲近人没关系，亲近猫就可以。然后，带着一腔兴奋去接他。

仔仔到家的第一个晚上，我几乎没能看清他，他躲在床缝里一直不肯出来。猫罐头、妙鲜包统统引诱不了他，他像个决意防守到底的战士。第二天我费了好大力气把他引到了阳台，他倒是也配合，主动进了猫爬架上的小屋子。从此阳台就是他的领地，他从不轻易出来，一旦我进去，他会迅速收起原本的悠闲姿态，全身进入戒备状态，紧紧盯着我的每一个动作。脚步越过他认为的安全线时，他便钻进小猫屋里，一根毛都不肯露出来。

猫粮半夜十二点时原封不动，第二天清早却会不见，他只有在我们入睡后才肯去吃。仔仔和贱贱的互动也很少，基本都是贱贱嗅嗅他，而他则是嫌弃地躲开。他不会像贱贱那样有要求就"喵喵"，有惧怕就"嗷嗷"，他安静得小心翼翼。

我总觉得，他就像个对世界失去信任的冷漠又胆怯的少年。所以，我一直用"他"来指代。

不过幸好，我很快便有了有机可乘的机会，因为他终究是个吃货。

在试验了许多种食物之后，我发现仔仔对盐水煮鸡肝最感兴趣，每次煮好端到阳台，他都在猫屋里蠢蠢欲动，可就是不出来。没办法，我只好把鸡肝切成小块放在掌心里端到那个圆洞门口，三分钟后，或是经过了矛盾挣扎，或是大约也觉得通过这几天的观察发现，我并不是个坏女人，于是一个猫脑袋探了出来，从我的手掌里叼走一块鸡肝再缩回去慢慢吃。如此往复几次,他大概也觉得麻烦,干脆就着我的手狼吞虎咽起来,期间时不时抬头瞅我几眼,观察我是否有奸笑表情。他吃得太快,一副冒着生命危险在战斗的紧迫样子,有点刺、有点温的小舌头舔在掌心里,匆忙而小心,以至于我有点于心不忍,但更多的还是喜悦,我窥到了拿下这小小"少年"的希望。

我就这样隔三岔五地煮鸡肝,手掌从猫屋洞口,到离开一步距离,两步、三步……越来越远,他也就温水煮青蛙般被我诱拐出洞。渐渐地,他习惯了在我面前自在地吃饭,在阳台走来走去。阳光好的时候,他喜欢躺在猫爬架的最顶层晒太阳,侧着身,有些松弛自然的样子。隔着一扇窗看着他,我总觉得欣慰。

02

后来趁着他埋头吃饭,我也可以偷偷摸他一把。只是脑袋上每轻抚一下,他都要浑身一颤,我像个揩到油的老巫婆,又得意又愧疚。可我们之间的亲近,在很长一段时间内也只能止步于此。有时候摸他脑袋,他甚至会不悦地抛下饭盆回屋。

他是个羞涩有底线的少年呢。

我也曾失去耐性,一冲动,把他骗进了卧室,然后锁上了阳台的门。想着没有退路,他便会主动熟悉这个家,熟悉贱贱和我。可那天做的事让我后来一直后悔。他在陌生的环境里乱了方寸,横冲直撞,看到透明的窗户以为是出口,便狠命地往前冲,撞了一下又一下都不肯停下来,我被他吓蒙了,反应过来后立即把门和窗户都打开,他慌不择路地从窗户跳进猫屋,一整天都不肯出来。

前面的那些努力就这样功亏一篑,我想,他对我慢慢建立起来的信任已经消失,一切又要从头来过。可是,他比我想象的大度,几天之后,他似乎忘了我做过的坏事,依旧肯在我掌心吃饭,肯忍着不悦让我摸摸脑袋。

又过了一个多月,每次在厨房煮好鸡肝后我不再给他拿到阳台,而是把阳台、卧室和厨房的门都打开,让他闻到味道却看不到美食。果然,他顺着味道追踪到了厨房,一路贴着墙根举着尾巴试探着走过来,期间被贱贱拦截了几次退回去,又勇敢地返回来,我把鸡胸、鸡肝拌罐头喂给他作为奖励,那家伙居然衔住一大口就往阳台跑,一路跑一路吃,彻底没了形象。

都说会哭的孩子有糖吃,可不知为何,我开始偏爱他——这个几乎不哭不叫的仔仔。最初是为了找一只能和贱贱做伴的猫,最终却变成两个"孩子"隔着阳台的窗户在各自的世界里孤单，我本该有些失落的，可那时我已忘记了初衷，只想竭尽全力讨好他。

几个月后，我终于可以将他抱在怀里，虽然他的表情带着明显的不情愿，耳朵瘪着，眼神沉郁，可四肢竟没有抗拒。那时我以为，我已经得到了他百分百的认可。后来才发现，他敞开心扉的样子，是怎样的忧伤。

03

我一度以为仔仔是不会叫的，直到后来因为一次意外，听到他叫。

当时我们租住在北京城北一个老小区的一楼，阳台外有片不大不小的灌木林。有风吹过的时候，总是带来阵阵凉爽，因此夏天时经常开了阳台窗户通风。一次出门回来，却发现铁质的纱窗被扒开了一个洞，而阳台上的仔仔不见了。我心顿时空了一下，很难过。

我想我对他的那些好在他看来都不算什么吧，他始终没把这里当作家,那铁纱窗多坚固啊,他还以为他是安迪·杜甫瑞……不甘心地推开窗,喊了声"仔仔",窸窸窣窣一阵响,接着,一个黑白相间的影子从灌木中窜了出来,自一米多高的地面一下子跃到窗台上,站到我的手边。然后,他"喵"地叫了一声,用脑袋蹭了下我的手背。

我的激动,不可言喻。

那是他第一次主动亲近我,不再矜持,甚至带了些撒娇。我不记得当时我有没有泪盈于睫,只是后来每次想起那突破性的一瞬间,我还会心跳加速。

我想他是习惯了流浪,只有给他广阔天地,他才会看到你最大的诚意。他承认了这个家,听到召唤他会迅速回归,他奔跑跳跃的小身姿,多么潇洒。

爱上一只野猫,所幸,我的窗外有一片灌木林。

他从不跑远,最多喊两声就会回来,我在阳台外的铁栏杆上给他搭了两块木板,他喜欢中午坐在窗外的木板上晒太阳,我走近的时候,他会主动求抚摸,我替他挠下巴,他就享受地闭着眼。给他戴防跳蚤的项圈,也乖顺地配合,完全不像贱贱那样每次都甩着脑袋扯烂咬断。猫少年已经完全被俘虏。

我知道很多人反对散养猫,起初我也反对,而贱贱是一只宅到虚胖的家猫。但因为仔仔的惊人转变,我决定给他们适度的自由。于是，贱贱也获得了"外出通行证"。只是贱贱绝对不在外过夜，连阳台都不能将就，否则一定要叫到四邻不安。

晚上我会给阳台窗户留一道缝，让作为夜行性动物的仔仔出去探险旅游。

你去，我为你打开窗户，你归，有猫粮猫窝等候。这就是作为一个猫奴的自觉。

很快，我见到了第二个奇迹。一直相处不甚愉快的两只猫竟然偎在一起午睡了，有时还互相舔毛搞卫生，我这嫁女儿和娶媳妇并存的心，欣慰得一塌糊涂。虽然我知道，这两个都做了绝育手术的家伙是永远也不会为我添出猫宝宝的。

仔仔还时常会给我些惊喜，早上打开阳台的门，有时会看到指甲大的死虫子，有时是烤鸡翅的骨头或是半根火腿。有一次比较夸张，不知他从谁家阳台上叼回来两根绑在一起的腊肠，很沉很难携带，上面的牙印深深的……虽然都吃不得，可难得他有这份"孝心"，我真是老怀安慰。

04

我和仔仔的缘分,终究没能持续太久。

事情发生在秋天,大连老家出了状况,我坐凌晨三点的飞机赶了回去,待了一个星期才回来。匆忙间只交代家人,别断了水和猫粮,猫砂要及时清理。其实,我平常能为仔仔做的,也不过是这些。如果说有更多的付出,便是每天至少都要替他挠挠下巴,跟他说说话。

一周后我疲惫地归来,家人告诉我仔仔已经几天没回来了,我问几天,粗心的家人竟说不准具体是几天,只说那期间下过一场雨,雨后猫粮就一直没动过。我趴到阳台窗户喊他,没有,灌木丛里也没有。我急哭了,满小区找,贴寻猫启事,网上发帖,一到饭点就端着鸡肝在小区里溜达,每天例行到阳台喊一阵"仔仔"。可始终没有他的消息。

那之后很久的时间,我一直将阳台窗户的那道缝替他留着,窗外木板上每天放上猫粮和清水,每当有"咯吱咯吱"声就光着脚跑去看。那里来过许多不同的猫,甚至还有黄鼠狼。却从未见过他。

直到冬天,我把老旧的窗户关上,终于相信了,他不会再回来了。

我不知道,他是为我去别人家阳台上偷东西而被扣留,还是在小区里玩耍时遇到坏人,或者是淋了那场秋雨病倒了。总之,我失去了他。可我情愿相信,他是被更好的人家收养了,不会过着像跟着我这样颠簸的生活,每天有大鱼大肉吃,有比贱贱懂事的猫姑娘陪伴……

我不知道,如果我没有离开那一个星期,他还会不会消失。但即使被朋友诟病,我仍不曾后悔替他打开那扇窗户,让他在窗外奔跑。否则,他该怎样才能做一次幸福的猫少年。

第二年开春,我离开了北京。

站在那扇有着大窟窿的纱窗前,我跟接替我租下那套房子的姑娘说,窗外的木板不要拿掉,要是有只黑白相间的警长猫回来,请一定要联系我。

大漠荒草:"80后"作家、编剧。一直用治愈系的文字,为读者带去最温暖的感动。

其出版作品有《路过心上的哈士奇》《天蝎座:假面黑桃Q》等。

关于猫性

——姜宛依

关于猫性

坐在我对面哭的梨花带雨的姑娘，就是我的闺蜜CC。大概两年半的时间，她已经是第三次被男友劈腿了。

伴着她的呜咽声，我胡乱搅动着杯子里的拿铁，一时间，不知道该说些什么，才能给她一些心灵的慰藉。

CC说，就算再难过，日子也要过，她还要赶回公司加班。没错，她就是这样一个"僵硬"的工作狂。也许被她的情绪影响，我对晚饭失去了念想，回到家，整个人瘫在了沙发上，我养的猫尾随而来，顺势跳到腿上，软成一团。我宠溺地揉了揉它鼓鼓的腹部，这里面是猫宝宝。

一边摸着猫，一边回想这几年CC的这几个男友，其实每一个都很优秀，和她也算般配，即便是相貌平平，也一定是事业有成。以前闲聊时，她也说过，喜欢各方面都比自己强一些的伴侣，这样才能收的住她，才不会被别人说闲话。

其实，CC作为我们当地某知名集团的出口部经理，不仅拥有着高薪，还年轻貌美，才德兼备，真的想不出她那些劈腿的男友哪里来的优越感，这等女子，还不满足。想来想去，最终无解。

时光从来没等过谁。转眼我家的猫已经顺利生产。小奶猫两个多月的时候，CC来我家送东西，却不料被小奶猫迷惑。也许是我家猫品种优良，让一个从前对宠物完全不感兴趣的人，竟不由自主加入了铲屎官的行列。当天她就迫不及待地抱走了小奶猫，还顺走了我囤的各种宠物用品。

再听到CC说她又找男友的时候，我有点惊讶，因为她这次的男友，竟是个兽医。

同样的傍晚，同样的咖啡店，我同样地搅着拿铁，不同的是CC的表情，此刻，她正如沐春风。

她说，多亏养了猫，才认识了他。虽然是通过别人介绍，但如果不是因为自己养了猫，怕是这个兽医、这个职业，她一辈子都不会想要去接触。

从前的她太在乎周围人的目光，以为只要条件上比自己优秀，就能让她仰望。可她性格强势，根本不懂得去迎合，所以就以为只要自己足够优秀，就能吸引住对方，可最终几段恋情以劈腿告终。

其实条件优越的男人，根本不会在乎他的女人能赚多少钱。他们只需要一个性格合得来的人，能够更贴近灵魂便好。

关于猫性

起初她和这个兽医见面,也没想过会这么合拍,和他在一起,感觉自己像只他养起来的猫。

每天睁开眼,早饭就在桌上。每次加完班,他一定会在公司楼下等她。下班后的时间,再也不是各忙各的,而是一起遛遛猫,逛逛夜市。有次两人看电影,刚开场就接到电话,说猫咪从六楼跳下去了,情况危急,两人立马离开了电影院。因为堵车,两人又以百米冲刺的速度跑了近二十分钟才赶回去。猫咪伤到了头部神经,多亏抢救及时才活了下来。

CC说,那次,她主动吻了他,她觉得他好伟大,浑身都散发着光芒。

认识他以后,她变了,变得越来越像他家的猫,会对他依赖,主动冲他撒娇,卸下了自己所有的防线。这才是爱情呀。

在感情面前,那些世俗的舆论,不再重要,两个人在一起过得幸福,此生相依相伴足矣。

也许,某天你会选择养一只猫,它也许不能改变你的生活,但一定会让你的生活变得不同,那些毛绒,足以温暖时光。

> 姜宛依:笔名猫乐个咪,汤圆创作签约作家,其创作文风细腻、温暖,代表作品有《灵之女》《生若浮华》等。

吸猫过敏症患者的猫们

——彭柳蓉

吸猫过敏症患者的猫们

此时此刻,客厅里两只十一岁的橘猫正在沙发上注视着我,主卧里还有八只我爸收养的流浪猫正在懒洋洋地晒太阳。我戴着口罩,无比怀念我过敏前把脸埋入猫腹深吸一口的时光。

父母都不喜欢猫狗,所以我养第一只猫是在25岁的时候。一个月大的它和它的兄弟被丢在小区后巷,我早晨看到它们在路边,有着一副茫然无措的表情。匆匆走过,下班回来时,它的兄弟已经死在路旁。于是,我把它带回了家。

第一只猫叫咪咪,在我家活了四个月零十一天,死于猫瘟。我还记得我从梦中醒来,它趴在我的脸侧,大大的眼睛好奇而温柔地看着我的情景。

后来,我得知丢弃第一只猫的那家人住在不远处的城中村,因母猫怀孕生崽养了这些小猫一个月便丢弃了它们,任其自生自灭。

我用紫外线灯和宠物消毒液彻底清洁了地板家具衣物,数月后收养了第一只猫后来的弟弟和妹妹。

本来讨厌猫的妈妈只允许我们带一只小猫回家，爸爸就选了一只。我坐在小板凳上，之前带回家的那只猫爬到我的膝盖上，睡得无比香甜。它并不知道我如果不带它回家，它可能活不过这个冬天。

它们眼屎糊满双眼，浑身跳蚤地来到了家里。

后来，我理解了所有父母的心情，不需要儿女懂事上进，只要健健康康，平安度过此生。自从这两只橘猫登堂入室，就一直在我脚边、枕边酣睡。

我还记得我对猫毛过敏前的一个阳光灿烂的夏日，我肚皮上趴着小咪，右手摸着大咪，一起在那个下午懒洋洋地睡觉。

现在大咪18斤，小咪9斤。大咪稍有点重，我就想让大咪减减肥。结果，不给吃的，大咪会抱着你的腿看着你长达半小时，或者坐在空碗前半小时。这样一来，减肥便成了浮云。

过敏大约是在养猫后五年到来的，打喷嚏流鼻涕、呼吸不畅、眼睛痒得肿胀。猫们突然发现，不能再去床和枕头上睡觉、玩耍了。于是半夜在卧室门口徘徊哀号、撒娇。有时，它们能成功入驻卧室主人床，而主人则是去洗脸洗手，用胶带粘毛。

爸爸爱屋及乌，开始给小区的流浪猫们喂食、绝育。碰上有怀孕或拖儿带女的母猫来小区，爸爸的退休金就基本交给了宠物医院和宠物食品店。

去年秋天,父母决定搬去河边的套四电梯公寓养老,爸爸打算租房养他的流浪猫们。然而,附近都是电梯公寓,房东不愿意租房给一群猫。最后,八只流浪猫入驻主卧,使用主卫。它们不能在小区里自由奔跑,但它们和猫奴幸福地生活在了一起。

现在有四只流浪猫已经八九岁了,它们温和懂事。其中,还有一只是我爸的死忠——鸳鸯眼白猫,它只爱我爸,把其他人都当作情敌。

有一天,我和我爸聊天,我爸说他觉得我和妹妹都不需要他操心,我们也能照顾好我妈。他唯一担心的是:如果他走了,主卧的流浪猫该怎么办?

从此,我把主卧的猫们称为我爸的私生子。

> 彭柳蓉:少儿文学作家,儿童杂志《小牛顿》主编。畅销少儿杂志《男生女生》以及《意林小小姐》人气长篇连载作者。其文笔流畅生动优美,故事跌宕起伏扣人心弦,充满梦幻冒险魔力。迄今已发表作品数百万字,出版超人气畅销小说《星愿大陆》系列、《巴拉拉小魔仙》系列之《冰封水晶心》《魔法咏叹调》等少儿小说20余本。

"闷骚男"养猫记

—— 苏小旗

01

老于头儿看着小乖,恨恨地说:"一步一步地,我觉得我就是被算计了!"

老于婆子没说话,反正一说话就是闹不痛快,把自己气够呛,不如装作没听到。

但是老于婆子不聋啊,她在心里说:"哼,算计你?你不算计别人就不错了。"

也不知道怎么回事,当初好歹也是自由恋爱,这在二十世纪七十年代,怎么说也算"真爱"了吧?可是,日子却越过越糟糕,糟糕透了。

比如,老两口在家里,每天说的话寥寥可数,睡觉也是一颠一倒,就是头对脚脚对头。

比如,与他们同住的二女儿于欢更是从来不去他们的房间,只要下班回家就是"躲进小楼成一统"。

比如,每年在外地工作的大女儿于蓝带着女儿小石榴千里迢逗回娘家后，也是长时间待在于欢的房间里。

因此，老于家的真实状况：老于婆子带着两个女儿和一个外孙女待在西厢房，老于头儿一个人待在东屋儿。

"咱家明显是阴盛阳衰啊，这屋儿的密度也太大了。"老于婆子说，"小石榴，去那屋儿陪陪你姥爷，你姥爷多喜欢你啊，对你多好啊！"

"我不去。"小石榴说，"我姥爷成天皱着个大眉头，老像不开心的样子。"

"孩子大了，调遣不动喽！"老于婆子说，"小时候一说过去陪陪姥爷，屁颠儿屁颠儿就过去了。"

"妈，我女儿不傻好吧。"于蓝说，"她都快九岁了，能从人的脸上感知出情绪了，让自己感觉压抑的人，会本能地不想靠近。这叫'趋利避害'。"

"小乖，那你去陪陪姥爷，你是只公猫，老在这女人群中混啥。"老于婆子对小乖说。

小乖是一只六个月大的白色小公猫。是于欢为了欢迎外甥女小石榴来姥姥家度假而特意跟朋友"借"的。

也许小乖是真聋吧，听完老于婆子这句话，一动没动，依然蜷着身子睡得酣甜。

02

老于头儿一直反对家里养任何动物，除了鱼。

早年间家里倒是养过三只猫和一只狗。

第一只猫未及成年就死了；第二只猫跑丢过一次，再次回到家里时，老于头儿竟开心地特意买了二斤带鱼，大方地喂了猫不少鱼肉。可是后来未及成年，这只猫也死了；第三只猫养了五年，拆迁那年，大院里的人散了，猫也跑丢了。

后来养过一只狗，杂交的小母狗，叫妞妞。

刚刚断奶的妞妞是老于婆子抱回家的，老于头儿也是喜欢得不得了。可成年后的它，性格特别像老于婆子，很虎，一有客人来就叫，一直叫到客人离开。

就算这样，老于头儿也从来没嫌弃过妞妞。因为平时的妞妞还是很懂事的，它知道这个家里老于头儿对它最好，所以没事儿就往老于头儿床下一趴，老于头儿细长的手臂垂下来抚摸妞妞的后背，一边摸一边跟它说话。絮絮叨叨，也不知道都说些什么。

一旦家人对妞妞说话态度不好，老于头儿就不乐意了，拉着个大长脸，鼻子不是鼻子，脸不是脸的。

妞妞养到第七年的时候，突然就丢了。

妞妞丢得实在太奇妙。七年的老狗，尽管每次遛它都是拴着狗带子，但无论如何也是认得家的。偏就那天老于婆子遛妞妞时，它很不听话，老于婆子手一松，妞妞就跑了。

它跑之前，意味深长地看了老于婆子一眼，然后就头也不回地跑了，无论老于婆子怎么唤它，它也不回头，直至跑得无影无踪。

知道消息的老于头儿跑遍了整个小城的狗市，甚至是狗肉馆，也没能找到妞妞。为这事儿老于婆子心里难受了很久。

后来有个算命的跟她说，那年她有个大坎儿，不死也得扒层皮。

老于婆子怎么想也想不起来那年自己的坎儿在哪儿。但是后来她突然想明白了：原来妞妞，是代她受难去了。

算命上确实有这种说法，家里养的宠物，关键时刻是会为主人扛灾的，就像玉镯子一样，如果戴了多年的玉镯子突然碎了，就说明它替主人扛过了一次灾。

玉镯子老于婆子买不起，于是妞妞就替她受难去了。之后的若干年，只要想起妞妞，老于婆子都会记得它临跑之前那意味深长的眼神，这个眼神，让老于婆子的心生生疼了很多年。

老于头儿倒是好像从来没表现出过什么。只是从那以后，他坚决反对家里养任何宠物。

03

这太烦人了,太专制了。

比如,老于头儿不吃鸡肉和牛羊肉,家人呢,也不许吃。如果真做了顿小鸡炖蘑菇,老于头儿就会皱着眉头愤愤地躲到其他房间吃饭:"明明知道我不吃鸡肉,还非得做,我闻那个味儿都要吐了!"事后他总是会对邻居这样说。

还有这样的道理?老于婆子和两个女儿想,你不吃的东西就不让别人吃,为什么?但结果往往是,为了避免再看到老于头儿那拉着的愤恨阴郁的脸,家里也很少做了。

实在想吃了,就下馆子。当然,老于婆子舍不得,那就于欢请她。

寒冷的深秋或冬天,娘俩喝一碗热乎乎的羊汤,这真是让人满足、幸福的事儿啊!

老于头儿就会嘟囔:"那还能吃?那还能吃?光想想那味儿我就要吐了!"

"你吐你的呗!"装听不到的老于婆子心里想。

不让吃这吃那也就算了,可为什么连个小猫小狗都不让养啊?这个家又不是你一个人的。

老于头儿就是不让，他的理由是："可不能养那玩意儿！被抓一下可了不得！"

说这话的时候，老于头儿眼睛大睁，眼睛里满是惊惧的光，并且夸张地摇着大手掌。

小石榴小时候到姥姥家，于欢给她买了只小仓鼠玩儿，一次小石榴把小仓鼠拿出来玩儿，不小心被它在胸前划了一条细细的道子。用老于婆子的说法是：这道子，不用放大镜都看不出来。

但老于头儿就是看到了。于是，小石榴被勒令打了一个疗程的狂犬疫苗，并且老于头儿规定，以后想摸小仓鼠，必须戴手套。

如果你以为这事儿就这么过去了，那就错了。老于头儿因为这事儿足足躺在床上生了一个星期的闷气：不让你们养就是不听，看看出事儿了吧？孩子还得打针，遭罪了吧？

要说这事儿，老于头儿也没错，但总是"上纲上线"地将问题归纳为家人"不听他话"，就让人心里不太舒服了。

家人家人，遇到什么事儿，好好商量着说，不是挺好吗？

"闷骚男"养猫记

04

老于头儿唯一愿意养的,是某年小石榴夏天在后面大院里抓的一条小野鱼,小石榴给它取名叫"鲲"。

小石榴本来抓了两条,另一条在某天半夜跳出鱼缸自杀了。

鲲也曾经有过同样的行为。

那天半夜,老于婆子正睡得迷迷糊糊,突然听到空中一声哨响,她一惊,立刻打开台灯,原来是鲲从鱼缸里蹦出来,正在地板上扑腾。肥胖的老于婆子立刻犹如鲤鱼打挺般地下了床,一手抓住鲲扔进了鱼缸里。

从那以后,养着鲲的鱼缸,上面永远盖着一个小木板儿。

老于头儿伺候鲲伺候得非常好,隔三岔五就到鱼市买活鱼虫,拿回家后每天换水,以保证鲲吃到的鱼虫都是新鲜的。

小石榴一放假就来姥姥家,第一件事就是看看她抓的鲲是否还活着。

这条小野鱼,老于家养了好几年,甚至都养出了灵性。

老于头儿怕鲲无聊,特意往鱼缸里放了一个小石子儿,吃饱喝足后,鲲就会顶着小石子儿玩儿,从鱼缸这边顶到那边,于是鱼缸就会发出好听的"当当当"声,这声音又小又清脆,不用看就能想象得出鲲身手矫健地顶着小石子儿在鱼缸里面欢愉地游来游去。

老于婆子也曾经尝试多放几个小石子儿，但每次鲲对其他石子儿都无动于衷，永远只顶那一个。

"哎？这也是有意思的事儿，它是怎么认得那个小石子儿的呢？"老于婆子总是感到很纳闷儿。

大概养到第五年，鲲在半夜又一次从鱼缸里一跃而出，摔在地板上变成了小鱼干。

原来头一天晚上，鱼缸上的小木板，忘记放了。

因为鲲的"自尽"，老于婆子心疼了好多天。每每讲起鲲，就像它还活着一样。

尽管后来老于头儿又买了两条热带鱼，但无论如何，都培养不出与鲲那样的感情了。

05

小石榴的小仓鼠死了，她好一顿哭。

鲲死了，小石榴的反应倒很正常，还没有她姥姥伤心呢。

小石榴长大了,每次来姥姥家,大部分时间都是玩手机。为了分散她的注意力,老于头儿的二女儿于欢决定借一只猫给小石榴玩儿。

于是她把小乖带回了家。

小乖是一只流浪猫,它原本还有个哥哥,叫大乖。它们大概是在两个月左右流浪到了驾校大院儿,于欢经常在淘宝上买猫粮喂它们。

后来不知怎么回事,大乖跑丢了,就剩下了小乖。小乖通身雪白,声音叫起来非常好听,驾校老板娘很是喜欢,并且在网上买了猫窝、猫箱、猫砂盆、猫玩具,然后把小乖抱回了家。

结果当晚就被她男人骂了,让她赶紧送走,别在家里养这些玩意儿。

于是第二天老板娘又把一大堆东西,还有小乖带回了驾校大院儿。小乖很乖,会出去玩儿,但从来没跑丢过。

来到老于头儿家的第一天,小乖一点儿都不认生,大大方方上了床,睡在小石榴脚边。

为了防止老于头儿拉着脸叨叨,于欢在把小乖带回家之前特意给它洗了澡,并打了疫苗。

尽管如此,老于头儿还是很不高兴,但是考虑到小乖的到来确实可以让小石榴开心,而且小石榴回家后小乖就会被送走,他也就忍了。

小石榴确实挺开心，虽然她觉得一个"大小伙子"叫"小乖"有点儿太娘了，但它真的是很乖啊。

它从来不登高，电视柜不上；别人吃饭时它虽然也馋，但也只是在边上叫，从来不会抬爪子上桌；老于头儿那个摆满了假冒古董的架子，它也从来不去。

为了欢迎小乖的到来，小石榴的妈妈于蓝买了好多猫零食。过年的时候人们有盛宴，猫也得过年啊。

于是每天晚饭时，于蓝都会把零食和化毛膏跟猫粮混在一起，然后再拿给小乖吃。大家各吃各的，相安无事。

老于头儿对小乖好像无感，对它蹲在桌边尤其警惕，一看到它似乎想要上桌闻菜，就会厉声呵斥。

"埋汰！那都是细菌！"老于头儿说。

其实老于头儿多虑了，小乖从来就不会上桌，连爪子都不会抬上去。

于蓝发现，小乖特别爱吃虾。哪怕是小石榴姥姥用大葱、辣椒跟小海米拌在一起，小乖也会敏感地闻到味道，然后拼命地叫。

"啊，真奇怪。"于蓝说，"我家两只猫，一只爱吃牛肉，一只爱吃大闸蟹，可没有一只爱吃虾。"

于是，于蓝每次都会耐心地给小乖剥虾吃——小海米它是不能吃的，太咸了。

小石榴家里也养了两只猫，于蓝母女待它们像家人一样，说话语气客气温和，每次吃饭前必须得由两只猫咪检查一遍，确定没有它们能吃的，于蓝和小石榴才开始动筷。

当初家里养猫时，小石榴就叮嘱妈妈和姥姥："千万不要跟我姥爷说，他不让养。"

她妈于蓝说："你姥爷离你家两千多里地，他还能管这么远？"

她姥姥老于婆子说："你看看她姥爷，都给孩子造成心理阴影了。"

小石榴说："我姥爷肯定会说'这不扯呢嘛，养那玩意儿干啥！'然后就会皱大眉头，一副不开心的样子。我不想让他不开心。"

于蓝说："你不用这么怕姥爷，我们养了它们，感受到了它们带给我们的快乐，你姥爷不开心，就让他不开心去吧。因为我们没有办法为其他人的情绪负责啊。"

为了减轻小石榴的"心理负担"，老于婆子干脆直接告诉老于头儿："小石榴她妈给她养了两只猫！"

不出小石榴意外，老于头儿果然说："这不扯呢嘛，养那玩意儿干啥!"

至于有没有气得在床上躺十天,于蓝就不得而知了。只愿山高路远,老于头儿能好好保重。

06

离开姥姥家的日子越近,小石榴越伤心。一是舍不得姥姥;二是舍不得小乖。

"老姨,把小乖留下吧。"小石榴哭唧唧地对于欢说。

"这我可说了不算。你姥爷不让养呀!"于欢说。

"我就不信了,留下小乖,她姥爷还能拼命?"于蓝说,"留下。小乖剩下的两针疫苗和绝育手术的费用,我来出。"

没人说话。应该是没人敢说话。因为大家都觉得,倒不是怕老于头儿,就是为了一只猫闹得大家不愉快,不值得。

小石榴是真喜欢小乖,于蓝也是,于欢也是。

飞机上小石榴一直嘟囔着小乖,反复问于蓝:"妈妈,你说姥爷会同意养小乖吗?"

"我可不知道。要不你问问你姥爷?"于蓝说。

"我才不问。姥爷肯定不会同意的,他什么都管,别人越开心的事儿他越管。"

"可是,姥爷真的很爱你啊!你从小姥爷就对你特别好。"于蓝说。

"我知道,姥爷老给我买吃的,还带我去超市买饮料。"小石榴说,"可是我不喜欢他老皱着眉头、拉着脸的样子,看起来总是那么不开心。他为什么不能开心点儿呢?"

"但你知道姥爷是真心喜欢你,为你着想就好了,也许方式不太对,但那是真心。"于蓝说。

"嗯。"小石榴说。

07

回到家中,看到自己家的两只猫,小石榴愈发想念小乖了。

于是,她哭了。

"小乖多乖啊!多好啊!如果不养它,它就会变成流浪猫。可是东北的冬天多冷呀,它在外面流浪,吃什么喝什么呀?"小石榴哭着说。

"妈妈也没办法，我已经很明确地表达了自己的态度，我是希望姥姥能留下它，好好养着它的。但她们会顾忌到姥爷，所以，也许他们也很为难吧。"于蓝说。

小石榴不再说话，默默打开了微信。

过了一会儿，小石榴理直气壮地对于蓝说："妈妈，我跟姥爷说了，让他把小乖留下！"

她把手机举起来给于蓝看，上面是她跟老于头儿的对话："姥爷，可不可以把小乖留下来？"

老于头儿回复："行吗？我说了算吗？"

小石榴马上说："嗯嗯，就你说了最算！"

于蓝扫了一眼，没有说话。心想，爱养不养吧，反正我尽心尽力了。

08

老于头儿家来了客人，客人看着小乖，说："怎么，这猫就留下了？"

老于婆子趁机说："那可不，要是送走了，孩子心里难受，就留下了。"

说完趁机偷偷瞄了老于头儿一眼,老于头儿看着小乖,恨恨地说:"一步一步地,我觉得我就是被算计了!"

于是,小乖就真的被留下了。

小乖还是那么乖,每日里叫声依然那样好听,从来不登高,玩儿的时候从来不出爪子挠人。它并不知道自己的命运,在短短半个月,发生了怎样的变化,每天大摇大摆地睡够东屋睡西屋。

于欢白天上班时,它就趴在老于头儿的床上。

老于婆子看到,老于头儿竟然一只手摸着小乖的背,一边看电视一边温柔地跟它唠嗑儿。说些什么,没有人知道。

就像当年他待小狗妞妞一样。

某天,很少下楼的老于头儿下了楼,不一会儿拎了一袋子活虾回来。并且一回来就进了厨房忙活,边忙活边跟老于婆子说:"这虾得用高压锅压得稀烂稀烂的,才能给小乖拌饭吃。"

惊得一旁的老于婆子连话都说不出来了。

老于头儿都没给自己买过虾,竟然给小乖买了一袋子虾,还不嫌费事地用高压锅蒸?

当老于婆子把这件新奇事儿告诉于蓝时,于蓝说:"原来是闷骚型儿的……我爸对小乖是'爱你在心口难开啊'!"

小石榴知道后,高兴了好一阵。

慢慢地,小乖长大了,这也就意味着,必须送它去做绝育手术。

那天,是老于婆子抱着小乖去的(这种"残忍"的场合老于头儿从来不会去),看到小乖被麻醉的样子,老于婆子心疼得高血压都要犯了,还落下了眼泪。

老于头儿呢,心疼得直说:"咱们对不起它啊!"

甚至小乖"亲妈"(它的第一任主人)还拿了很多东西来看望小乖,说:"小乖在你们老于家享福啦!"

09

于蓝知道,自从养了七年的妞妞死后,老于头儿拒绝再养任何宠物的真正原因,是害怕它们的离去。

或者说,是害怕它们离去时,那种挖心挖肺似的感受。

因为经历过,所以更抗拒。

但顾城有一首诗,叫《避免》,诗里说:

你不愿意种花

你说

"我不愿意看见它

一点点凋落"

是的

为了避免结束

你避免了一切开始

  也许这种抗拒,不是一个好方法,因为它强制性堵住了流动在我们心中的柔情。

  人生短暂,猫生更短暂。有过这样一段贴心温暖的陪伴,就是彼此给彼此最好的爱,最好的善待。

  小石榴曾经问于蓝:"妈妈,我们家的两只猫也会死吗?"

  "当然,宝贝。"

  "可是我舍不得,它们要是死了,我会很难过。"

  "我也是,宝贝。所以我们才更应该在相处的每一个当下,给它们最好的关怀和爱,以此,感谢它们的陪伴。"

  不要去阻碍心中的柔情,因为万事万物终会离散。因此,珍惜并且善待,就是对彼此最好的交代。

  所以啊,我相信,老于头儿会很爱小乖,像他当初爱小狗妞妞一样。

苏小旗：自媒体人，东北女子客居江南，善养猫，善自拍，喜自由。擅长写散文和随笔，内容多贴近生活，接地气。

其代表作品有《平生》等。

一 可咪丢了

——两色风景

🐾 可咪丢了

01

可咪丢的第七天，阿莫才知道它丢了。

在刚过去的十一长假里，阿莫被姑姑带着去了一趟泰国，第一次出国的经历令他兴奋非常。可惜爸爸妈妈不能来，阿莫替他们遗憾。他们有好几个婚礼不得不出席，"没办法，有些事不做就会惹人议论啊。"妈妈无奈地说。

爸爸妈妈要去参加婚礼，可咪就没人照顾了。他们参加的有些婚礼会场是要坐火车去的，没人会带一只猫长途跋涉。爸爸妈妈就将它寄养在了社区宠物店。

结果，阿莫回来就听说，可咪丢了。

宠物店的说法是，可咪送来后一直很烦躁，挠坏了笼子，然后趁店门未关窜了出去。他们吞吞吐吐地表示，已经找了两天，但还是没有找到。爸爸妈妈听完几乎气晕了。虽然可咪不是什么品种猫，可它来家里快一年了，全家都很喜欢它。于是，爸爸妈妈和宠物店的人一起，又继续找了它三天。

阿莫回到家的时候，正是可咪下落不明的第七天。听到这个噩耗，阿莫关于旅行的一切未尽的兴致在瞬间烟消云散。

02

可咪丢的第八天。

阿莫上学迟到了。

昨天晚上和今天早上，阿莫都参与了对可咪的寻找。家猫胆小，一般不会跑太远，所以它应该还在社区的某处。只怪绿化到位，死角太多，让寻找变得困难——但毕竟不是没有希望。阿莫一家都这么想。

网上说，寻找失猫最好是在深夜或凌晨。于是，全家人在这两个时段兵分三路，每人拿一瓶可咪最爱的猫粮，边走边摇晃，像是摇动沙锤，嘴里喊着："可咪，可咪，吃饭了。"

如果可咪能听见，一定会飞奔而来。它可是一只再标准不过的馋猫，所以才一年不到就长胖了整整七斤。

昨晚他们从十一点找到十二点；今晨他们从六点找到六点半。

一直以来，阿莫并不觉得自己生活的小区有多大，可是在找不到可咪的时候,他突然觉得这小区怎么会这么大呢。他没有找到可咪,如同爸爸妈妈前几天努力的结果一样。倒是偶遇了一些其他的流浪猫,有的纯白,有的三花,还有的像烧煳了的春卷,可就是没有可咪标志性的黑白相间。

其实,爸爸妈妈反对阿莫参与寻找,他们觉得阿莫参与寻找会睡眠不足,影响听课,但他们知道,如果不让阿莫辛苦一两次,他是不会甘心的。"猫都没记性,也许早就忘了我跟你妈,希望还记得你吧。"爸爸说。

然而,两次的搜索都失败了。阿莫背起书包去上学,一路却忍不住左顾右盼,结果就是,他迟到了。

站在教室门口,听着朗读英语的声音被自己的敲门声打断,阿莫觉得很沮丧。

转学到这里才一个月,他还是很没有存在感,却偏偏以这种方式,让所有人把目光集中在了他身上。

03

可咪丢的第九天。

阿莫上学又迟到了。

阿莫想，明天不能再找可咪找得忘记时间了。可是，阿莫能自由支配的时间实在太少。昨晚和今早这两个时间段，爸爸妈妈已经不让他牺牲睡眠了，他只能把握从家到学校和从学校到家的时间。爸爸妈妈花在找可咪上的时间也在减少，这样下去，可咪会不会就再也回不来了呢？

这样的焦虑，让阿莫上着课就忍不住走神，恨不能逃学去找可咪。

光靠自己还是不够，得多发动一些人。阿莫想，寻猫启事不能只在小区贴，应该把范围扩大。启示是爸爸妈妈弄的，阿莫认为不够到位。比如，上面只有一张可咪的正面照，至少应该有三张呀，除了展示可咪富有辨识度的、像胡子一样的蝴蝶斑外，应该来个侧面，展示它的胖身材和花纹分布，还应该有一张强调它的麒麟尾……

奖金的数额是不是写清楚比较好？宠物店赔偿了他们家一千块，这也是爸爸妈妈决定拿来"悬赏"的价位。说起来，宠物店虽然保证也会继续寻找，可是，"指望他们？"妈妈冷笑，"钱都赔了，找到可咪也拿不回去，他们为什么还要出力？他们跟可咪又没感情！"

是的，怎么能指望没感情的人呢？好比这两天，阿莫在班上

🐾|可咪丢了

几乎都是沉着脸，皱着眉，可有谁来关心过他呢？

"夏纱，你来做这道题。"

"是。"

阿莫将头抬起来，看到她走上讲台的背影。夏纱既漂亮，人缘又好，还是班长，如果是她家的猫丢了，一定会有很多人自发自愿帮忙寻找吧？阿莫好羡慕她。

04

可咪丢的第十天。

阿莫被当众训斥了一顿。

"连续三天迟到，上课还魂不守舍！"戴着眼镜的班主任声色俱厉，"你特地转来我们学校，难道不是为了一个更好的学习环境？你就是这么做的？"

阿莫低着头，难堪到了极限。他不敢看周围人的目光，却总觉得耳朵里塞满了他们的窃笑。尤其是一个叫骆泽的男生的窃笑。

"你还哈欠连天，晚上没睡觉吗？"班主任问。

窃笑已经不是幻听了。阿莫不知哪儿来的冲动，脱口而出："我的猫丢了。"

"什么？"

"我的猫丢了……"

班主任露出难以置信的表情："你最近都在忙着找猫？找猫比学习更重要？"

阿莫只觉得胸口的火越烧越旺，他几乎有些生硬地回答："不找它，它可能就死在外面了！"

骤然响起的下课铃，控制住了这个场面。班主任丢给阿莫一句"你自己好好反省一下，否则我只能找你家长了"，然后就离开了教室。

阿莫无力地坐下来，他听见体内的干劲正像冰川那样不断消融，怎么会这样？第一次去找可咪时，他全身蓄满了力量，他想象着自己像士兵一样守住一盏路灯，直至等到草丛中那对颤抖的耳朵……可他不得不承认，在凉意渐浓的夜风里一遍又一遍地喊"可咪"却徒劳无果时，他感到了茫然与漫长。

有人坐在了阿莫对面，竟是夏纱。阿莫感到意外，入学一个月来，他们说的话不超过五句。

"李老师太过分了。"夏纱愤愤不平地说，"他根本就不明白，有些宠物不只是宠物，而是家人！"

可咪丢了

阿莫惊讶地睁大眼睛。

"我也丢过猫。"夏纱轻声说,"我知道那种心情。"

"啊……你的猫找到了吗?"

"没有……你的猫是从小养的?"

"不是,是自己跑来的。我家住一楼。它本来是野猫,随便喂了一点东西就赖着不走了……"

"那它很聪明啊,懂得为自己找一个家。它是怎么丢的?"

阿莫一一回答,不知不觉,竟聚拢了不少旁听的同学。有些声音很自然地插了进来:

"我家狗也丢过,后来找到了,宠物都不会跑太远的!"

"最佳寻回时间是丢失72小时,过了就有点难了啊!"

"把它喜欢的玩具和食物丢在它走丢的地方,也许能把它引出来!"

……

"总之,"上课铃响时,夏纱的眼神坚定地鼓励阿莫,"你不要灰心,可咪一定也在等你找到它!"

05

可咪丢的第十三天。

夏纱等四个同学来到了阿莫家。

转学一个多月来的孤独,在过去三天得到了充分弥补。阿莫一下子与许多人有了交集和话题。他们向他贡献亲身经历或道听途说的寻猫故事,有些让阿莫很振奋,比如"我阿姨的猫丢了两个月都能找到呢"。新的"寻猫启事"也在群策群力后问世,不但有可咪三个角度的清晰彩照,有具体的联系方式与酬谢声明,还有阿莫觉得真是神来之笔的一句话:它是我们重要的家人。夏纱说:"得有能打动人的描述,才能引起看的人重视啊。"

"夏纱真是一个好人。"阿莫想。拜她所赐,可咪的下落已经不止他们一家牵挂。如今,大多同学见到他都会寒暄一句,"找到了吗?"得到否定的回答后,他们会补充一句:"会找到的。"这些都让阿莫觉得温暖。

这个周末,夏纱组织了几个"志愿者",一起来找可咪。

"猫是会移动的。也许你们只隔着几米,但是你往东,它往西,就错过了。"夏纱说,"所以多一些人一起找,希望会更大!"

可咪丢了

"谢谢,谢谢你们。"阿莫除了道谢外,不知道还能说些什么。

同样深受感染的,还有阿莫的爸爸妈妈。他们已经基本放弃了寻找可咪,但眼前的阵仗让他们又燃起了信心,只要可咪还在小区里,就一定能找到的!

行动开始。

阿莫负责搜索楼房与小区围墙之间的夹缝,那是一条宽约两米五、堆满了废旧家具的巷子。阿莫一路摇晃猫粮瓶,比任何一次都专注,都紧张。

"喵——喵——可咪!"

虽然现在不是夜晚,但天气这么好,可咪应该不会只想躲着吧。

"可咪,吃饭啦!"

所以,会找到的吧。一定要让我找到啊!

"可咪!"

时间流逝得不知是快是慢。

忽然,妈妈跑来了,老远就冲阿莫喊:"找到可咪了!快来!"

"啊!"阿莫大叫一声,跌跌撞撞地跑过去。

"可咪在哪里?"

"在车库。你同学发现的!大家都过去了……"

几个人守着车库出口,阿莫一家匆匆跑过去。夏纱在一辆卡罗拉旁对他们挥手:"可咪在下面!"

阿莫的心剧烈跳动,他几乎是趴在地上,果然,看到了车底有一只猫。爸爸将手伸进去,它竟然没有窜逃,只是稍微反抗了一下,就让拖了出来。

"好了好了!找到了!"车库里欢呼成一片。

然而,当那只猫在爸爸怀里仰起脸时,阿莫飞起来的心又砸在了地上。

不是可咪。

一样是麒麟尾、奶牛猫,一样有个肥黑的大屁股,甚至鼻头下一样有黑斑……但不是可咪,是很像它的另一只猫!

阿莫有种气力被抽干的感觉。

06

可咪丢的第二十一天。

学校组织看电影。电影的名字叫《失孤》,由刘德华主演,

🐾 可咪丢了

这部电影颠覆了他以往的形象，其情节是讲述一个父亲十四年如一日寻找被拐卖的儿子的故事，据说是根据真人真事改编的。

漆黑的电影院里，有人默默流着泪，阿莫也觉得鼻子酸酸的。

电影看完了。走出影院的时候，阿莫听见那个叫骆泽的同班男生不屑地说："这片真难看。那么多年都找不到，还有什么好找的，浪费生命……"

阿莫听着很不舒服，想要快步离去，冷不丁骆泽拍了他一下："喂，你说我说得有没有道理？"

阿莫冷冷地说："我觉得不难看。"

"因为你们同病相怜吗？"骆泽笑嘻嘻地说，"你是不是也打算天荒地老地找下去呀？"

"骆泽，你够了！"夏纱过来了，"不关你的事！"

其他同学也责备地看着骆泽。骆泽无所谓地耸耸肩："我怎么了？我只是考验一下他的决心啊。"

阿莫说："不用你操心，我肯定会找下去的！"

"哼……"骆泽讨了个没趣，跟着狐朋狗友悻悻离去。

同学们纷纷用敬佩的目光看着阿莫，纷纷鼓励他："加油！不抛弃，不放弃！""我表哥住你们隔壁小区，我会请他帮忙留意的！""我知道个方法，虽然不太科学，但可以试试……"

阿莫不停地点着头，说着"嗯嗯"，本已失掉的斗志，又渐渐膨胀了起来。

只是……看《失孤》时有过的念头在他的脑中一闪而过。

只是，什么时候才真正是个头呢？

07

可咪丢的第二十七天。

中午，阿莫在门口晒太阳，之前在车库找到的小野猫跳到了他腿上。

阿莫本能地伸手去抚弄小野猫的下巴，它发出了一串惬意的"咕噜噜"，阿莫不禁笑起来，他好久没有这么放松了。自从可咪丢了，自从全班都知道可咪丢了，他好像就得了一种不能轻松的病。当同学们好心好意地问可咪找到没，当他们又发来一则对寻找可咪有帮助的建议时，当他们激动地给他看一张酷似可咪的猫的照片时……阿莫就觉得，他怎么可以表现得已经不难过了呢？

阿莫知道，他还是难过的。想到可咪，他的心还是会空荡

可咪丢了

荡的。

爸爸散步回来了,小野猫乖巧地凑了上去,爸爸将它抱起来,自言自语:"真像可咪啊。"

"嗯。"阿莫说。

自从那次在车场被误认为可咪后,小野猫和他们一家的缘分就开始了。起初,它只是来吃阿莫放在门口引诱可咪的猫粮;后来,它开始主动向他们家示好,温驯得像条狗。异于可咪的新鲜感让全家在最短的时间内对它产生了好感。只是他们没让它进屋,只在门口搭了个小窝暂时养着,彼此保持一个亲近又分明的距离。

但阿莫总觉得,他们早晚会正式养它,只是要等到更习惯它的存在——就像他们越来越习惯可咪不在。

爸爸妈妈早就已经不找可咪了。阿莫也只是在经过那家宠物店附近时,会稍微留心一下四周。地毯式的搜索?废寝忘食的蹲点?那些实在不是能够日复一日做的事情。然而,同学们似乎都相信,他依然保持着那样的热情。有次,他无意提起了小野猫,立刻有同学说:"猫的妒忌心很强的,如果可咪知道你养了另一只猫,也许就不愿意回来了。"夏纱当时还反驳那位同学:"只是喂它吃点东西,又不是把感情都转移到它身上。"他听着,好多话顿时无法出口。

小野猫又跳到阿莫身上了,阿莫重新开始抚摸它,可心里却想着:"我不是要用它代替可咪……"

这时,妈妈在家里叫道:"阿莫,电话!"

阿莫连忙进屋,正听见妈妈对那头说:"对,就是上次你们找到的那只猫,阿莫在逗它玩呢。"

阿莫一惊,妈妈又说:"没有刻意找了。唉,有什么办法呢?"

阿莫忙将听筒抢过来,小心翼翼地说:"喂?"

夏纱淡淡地说:"是我。本想问问你要不要去附近的宠物医院。如果有人收养了可咪,也许会带它去做驱虫,那就能得到线索了。"

阿莫说:"好主意。"

夏纱叹了口气,说:"但你是不是不想找了?"

……

08

可咪丢的第二十八天。

可咪丢了

阿莫觉得，全班都在用异样的眼光看他，询问可咪的声音，好像也弱了。

是夏纱说了什么吗？阿莫没有求证，但是他能理解夏纱的失望。那让他感到内疚。

阿莫后悔了，他不该亲近小野猫的，任谁都会觉得，这是"移情别恋"，是对可咪的背叛。他为什么不能坚持下去呢？他明明是那么想念可咪啊。

阿莫的脸越来越热。他又想起了上周的语文课。他们班每节语文课前都会按座号叫人，然后上台做五分钟自由演讲，轮到他时，他说了自己跟可咪的故事。细数与可咪相处的点滴，竟有些哽咽。

演讲的最后，他有些慷慨激昂地说："如果连我都不找，那可咪就真的没有家了……"

如雷的掌声还在耳边。

现在都变成了自打耳光。

也许只是想多了……

这个上午，阿莫一直魂不守舍。

语文课下课，老师说了一句："下节课该谁演讲了，记得准备好。"然后又想起什么，问阿莫，"猫找到了吗？"

"还没。"阿莫摇头。

"哦,也许是被谁收养了吧。"老师说。

老师刚走,骆泽就怪里怪气地说了一句:"如果连我都不找,那可咪就真的没有家了!"

阿莫那一瞬间只觉得全身的血都往头上涌。不会错的,夏纱一定和大家说了!否则大家怎么会那样看着他呢?

"骆泽,闭嘴。"夏纱说。

"伪君子!"骆泽哼了一声,"明明已经不在乎了,还要装出一副很有感情的样子!"

周围响起的,是心照不宣的鄙夷,还是后知后觉的惊讶,阿莫无法分清了。

"你这是道德绑架。"夏纱皱眉,"找不到能怎么办?再不愿意也只能放弃啊,最难受的肯定是他。"

四周议论纷纷。

"不找就不找呗,没人逼他啊。把口号喊得那么漂亮来博取同情,你不觉得恶心?"

四周议论纷纷。

不知为什么,阿莫只能听见附和骆泽的声音。

"别说了!"阿莫忽然叫道。

教室里一下安静了下来,迎着所有人的注视,阿莫的眼泪流了下来,他说:"可咪不会回来了,可咪死掉了!"

可咪丢了

09

可咪丢的第三十三天。

阿莫和夏纱走过运动场,一个球落在他们面前,骆泽的声音传来:"喂,踢回来!"

阿莫摆了个架势,大脚将球开回。

"不错嘛。"骆泽笑道,"别只顾着约会了,来比一场啊?"

"下次吧。"阿莫说。

阿莫和夏纱走开,有个球员问骆泽:"那个就是你们班丢猫的?"

"嗯,那猫已经死了。"骆泽说。

"啊?怎么死的?"

"他说是一个清洁工说的,一大早发现的尸体。但他不能接受,宁可相信猫还活着,所以死命找……"骆泽抓抓头,"行了,你管人家那么多!你出力啦?"

他们的话,阿莫和夏纱听不见,他们已经走远了。夏纱邀请阿莫去她家拿猫粮和玩具,"我以后不会再养猫了,就送给小野猫吧。对了,给它起名字了吗?"

"还没有。"阿莫说,"每次想起,都觉得……有点对不起可咪。"

"别那样想。也许就是可咪拜托它来陪你们的。"

他们走到了一处岔路口。

忽然,阿莫全身一震。远远的,他看见一只猫背对着他站在一个垃圾桶上,身上的花纹是那么的熟悉。

阿莫本能地跑上去,想仔细看看那只猫,只要看到正面就能确定……

然而,那只猫屁股一扭,跳到地上,头也不回地跑了。只留下错愕的阿莫,和那声来不及喊出的"可咪"。

> 两色风景:"80后"宅男,专职撰稿人,福建省作协会员。曾获台湾牧笛童话奖、信谊图画书文字创作奖、冰心儿童文学新作奖、香港青年文学奖等。其文风以吐槽功力、段子及奇思妙想见长。
>
> 其代表作品有《青春奇妙物语》系列、《神秘的快递家族》系列等。

三寸温存

—— 萧天若

三寸温存

谨以此，纪念我亲爱的小白。

01

这是最寻常不过的一个周末。夏日苦热，暮色漫长，明明没有任何食欲却还要做"持久战"般认真对待面前的几菜一汤。晚饭吃完了，天还没有彻底黑透，照例收拾完了碗筷就往自己房间走，刚到门口，忽然听见老爹在厨房那边的阳台上大喊一声："快来快来！"

"怎么啦？"急急忙忙地奔过去，没看准方向，膝盖"咣当"一下撞在餐厅推拉门边上，顿时疼得龇牙咧嘴。自从去年冬天老爹的心脏出过一次状况之后，我和老妈时时刻刻如临大敌，提心吊胆。但等我揉着膝盖跳过去时，站在窗边的他老人家却笑得有点小兴奋，孩子气得指着窗户外面的某个方向给我看，"刚刚走过去一只猫，很像小白啊！"

我愣了一下神儿，老爹已然拉开了纱窗，"你快来看看是不是它？"

我探出头去。暮色里确实有一只白猫的背影，却隐匿在昏沉模糊的暗处，看不太清。隔着几层楼的距离，只能看见它没被车子挡住的一条尾巴和优雅的臀线。然后，那只猫散漫的步伐突然转了一个弯，消失在了楼角处的黑暗里，再也看不见。

我关上窗子，回头看一眼老爹，"看不大清，应该……不是吧。"

我常常恨自己，分明是梦幻、柔弱、不切实际，感性到令人发指的双鱼座星人，却偏偏有个冷静理智、随时随地提醒自己现实得要死的破毛病。就像这会儿，其实很想骗自己说，是的，那是小白，是小白回来了。哪怕只有一瞬这样的念头也好，哪怕下楼找寻失败后再幻灭也好。可是，很无奈的是，我就连这样虚无的一点安慰都给不了自己，因为只是那遥遥看去的一眼，掠影匆促的曲线，我就清楚地知道，方才那只漂亮的白猫，不是我最最亲爱的小白。

掩了房门，我不禁叹息。不只因为内心的一点点失落，更是因为……小白，你看，无论是遇见你的四年前还是失去你的四年后，人类的心，仍未摆脱那样的奇怪的构造，永远不能像你那样恬淡单纯。

02

遇见她的时候，奇怪的人类刚刚失业两星期。

失业之前的奇怪人类生活在西安。那是2008年。辞职的日子很好记，5月12日。那天中午我理顺了报告，终于把决定辞职的消息扩散了出去——QQ群上顿时一片人马沸腾，有问"你是不是疯了"的，有问"是不是要结婚嫁人"的，有问"是不是跳槽寻高枝儿"的，还有问……嘈杂声里默默收拾完了桌上的东西，我坐下来敲了一行字扔过去：没，我只是，想家了。

或许不是每个人都能一直习惯漂泊，并在这样的日子里始终坚持最初的热血和奋力拼搏。我就是这样，飘了几年之后，慢慢发现，那个城市，再怎么繁华再怎么喜欢，心里也找不到基本的一点归属感。来来回回的奔波忙碌和压力山大的工作强度，也让我渐渐觉得疲惫不堪。适逢其时的是，母亲大人小病一场，电话那头随口说一句白天要独自一人去医院打针的话……这头握着手机的我心里就抖了一抖。那一刻的愧疚仿佛是压垮骆驼的最后一根稻草，瞬间就敲碎了本来已脆弱无比的内心。纠结数日之后，到底还是下了最后的决断，打电话约顶头上司一起吃饭，并正式提出，请找人来接班。

现在想想，这么多年，我唯一没有变过的，可能就是胸无大志，小富即安这一点了。我不想继续过加班赶工到天亮睡一觉再去上班的日子，还拼命麻醉自己说这是要为事业而奋斗；也不愿意再看见老妈发烧打点滴时身边一个人都没有，自己只能对着电话叹息，可以给她的安慰只是物质和钱。

上司姐姐是个很和善、很好沟通的人，几番劝解挽留后终于答应了我的要求，很快便开始物色新人，交接工作需要时间，但不会太久。于是，5月里我忙着打包行李，想方设法把在外数年的家当往距离一千多公里外的山东搬……

忙忙叨叨就到了12日，大抵是尘埃落定的感觉，吃完散伙午饭，回办公室后就正式交了辞职报告。

是的，其实从看见这个日子的那一秒你就该猜到，就在我满心欢喜交完辞职报告五分钟后，倒霉催的……地动山摇。

二十六层楼高，抱着头，缩在屋角，听着身边的人大声尖叫，看着一片片玻璃和墙砖砸下来，花盆碎掉。

从恐惧到没有时间恐惧,大概只用了一秒。空白过后,满脑子只剩求生的欲念。地震稍微消停点,大家一窝蜂往外跑。

大厦的安全通道里到处都是人,黑洞洞、黑压压、乱糟糟一片。不知走了多久我才想起来,忙乱逃生的自己浑身上下干净无比,不但没带手机、钱包、证件,甚至兜里都找不出一毛钱。但那会儿已顾不得这些了,满心只想着,得赶紧跑出去不能死在这里,毕竟已经辞职的人,是不给算工伤的。再说我可不想跟一堆不认识的人死在一起……

事后,据保洁员说,光是从楼梯间里拣出来的鞋子都有一推车,足见当时凌乱。慌乱忐忑之中,也不知接近三十层的楼梯自己究竟是怎么走下来的,只知道当我再次站在太阳下的大马路上时,二环路上乌压压站满了人,自己的两条腿,已经抖得站不稳了。

机票定在十二天后。原本是想留一点闲暇将这个城市好好铭记,结果却变成了劫后余生的庆幸和兵荒马乱的逃离。

手机时不时传来可能有余震的消息,民间传闻和官方辟谣搅和在一起。公寓楼下的小广场上堆满了床垫,夜幕降临后承托起横七竖八的人们。而我则是把打包好的东西放在一侧,仍然住在公寓里,可是从公寓楼门到自己房间的大门小门一律大开……

迷迷糊糊地睡着,还在想,要是真又地震了,有没有本事在最短时间内奔出去？

最后的事实是，一次都没有奔过，余震依稀发生过那么几次，但因睡死过去完全没有感知……到后来，朋友打电话问要不要一起去某紧急避难场所过夜的时候，我打着哈欠反问她："天天这么折腾，你们不困啊？"

03

十二天后，飞机落地济南，终于可以长长松一口气。波折回家，心里却仍有一丝忐忑，妈妈在楼下接到我时，笑了笑，说："到家了，就终于可以放心啦。"

我环顾四周，没有被地震波及的地方，最恬淡不过的初夏的正午，树叶子在大太阳底下闪着透亮的绿，蔷薇花密密匝匝开了一团，天气已经很热，但还好，并不觉得暴躁……

拖着巨大的行李箱子进楼洞时，我突然看见了它——一只慵懒的白猫，正弯着身子蜷在阴凉底下，半梦半醒地睡午觉。见有人走过，不惊不躲，反而抻了一个长长的懒腰，睁开眼睛望着我，微微抬了一下头，然后很轻声地叫了一声："喵。"

这算是，打招呼吗？

我冲它笑了笑，不知为什么，心里某根一直紧绷着的弦，突然间松弛下来，整个人都觉得安定了。

我问妈妈白猫的来历。妈妈答不上来。不只她，整栋楼的人都说不出这只猫何时出现、来自哪里。唯一可以肯定的是，我遇见小白的时候，它已经成年。据说那时它已经做过一次母亲，只是非常的不幸，一窝生在隆冬里的小猫，到底还是没能顺利活到第二年生机勃勃的春天。

听出来遛弯儿的邻居说，小区里有很多这样的"野猫"。后来在买牛奶、买青菜、买早饭的路上，晨光中或是暮色里，我也确实遇见过几只。它们维持着猫族一贯的传统，行踪飘忽，偶尔抱团，但又有各自固定的地盘，像楚河汉界般划分明显。

比如，我家这栋楼，便是小白的固有地盘，隔壁楼和它跟前的车库则属于一只灵巧的花狸猫。而前面那栋楼是一只长得很像奶牛的公猫的地盘，那家伙身强体壮彪悍异常，很有威武霸气的地头蛇风范，势力范围以楼前小花园为中心向周围扩散，很大一片都算是它的地盘。

以己度人，我猜想猫的世界应该也是不那么容易混的。尤其它们既不是什么家宠，也没有矜贵的优雅和刁钻的口味，信奉的无非是弱肉强食。漂泊在外的孤零个体，物竞天择、你争我夺的规则里，能剩下小白这么一朵奇葩，实在是很不容易……

小白真的是奇葩。作为一只肤白貌美、娇小羸弱的母猫（如果不是之前生过小猫，后来又再没怎么长大过，我总会觉得它仍未成年），如何能在流浪猫群里拼杀出来，给自己争得这一席安身之地，首先就是个大问题。

于是，我开始猜测它的出身，那么安静、那么亲人，实在不像流浪猫该有的野性，但从周围邻居们的口中和我后来的观察总结出，它确实是真的不愿意跟人类一起生活。而且小白的长相……虽说作为一只猫，实可算得上是一身白毛无杂色，长相娇俏惹人怜，但半长不短的尴尬白毛和一望便知的混血血统，注定了它既不会是出身于高价的宠物店，也不会是生在街头猫贩子坑钱的箱子里。所以，一直到现在，我都觉得小白就是个谜，不知从何而来，不知往哪里去，蓦然出现又凭空消失……

又或许，它注定只能是一个谜。

04

6月，还没解开小白的身世之谜，我便掉到了失业人口的深深困扰里，再无暇他顾。自问自己也算是有点脑子的人，辞职之前各项准备工作也做了很多，心理建设也搞起来了——暂时没有收入，没关系！旁人不解目光，不理会！我铁了心、拼了命地辞掉工作想要过恬淡自由的小日子，可这每天睡到自然醒，醒来就能有饭吃的好日子才过了半个月，我便忍不住跟老妈吐槽抱怨，甚至一度憋屈得掉下泪来……

曾经忙碌的工作没有压垮我，反而是离职后的宁静时光让我整个人从里到外地焦虑。

6月的天，我在房间里徘徊打转。所有的准备和心理建设里都漏掉了一点：我可能会，不适应。我以为自己是当断则断，却没明白狼奔豕突般奔跑了好几年，突然间踩刹车停下来，势必是要撞得头破血流的道理。我不是楼下的猫，大白天没事做就可以找个阴凉地儿睡午觉、伸懒腰。在习惯了紧张和忙碌，天亮时掐着表算时间，然后告诉自己还可以睡多久的日子之后，突然间无所事事、找不到重点，只能在屋里转圈的人生，足以逼得我发疯。

三年后的某一天，无意中看了一部叫作《小猫跳出来》的电影。剧中退休的火车司机大叔有一屋子的时钟和无法克制的强迫症，并且还有着面对家常生活的无所适从。画面中悠长静谧的夏日时光让我产生了强烈共鸣，而看着被困在房顶下不来的尴尬大叔和一只只可爱无比的猫咪时，脑海里不由自主闪过的画面，便是那一年暴躁如困兽的我，以及自阴凉处抬眼望过来的小白。

后来，我想起小白就很愧疚，自己接近它的初衷一点都不干净清透，完全可以算是一种蓄意的阴谋。我需要给自己的焦虑、寂寞、无所事事找一个突破口，百无聊赖中，忽然站在花坛边上学着叫了一声"喵"，然后，正在冬青树丛底下躲阴凉的小白不知怎么，霍然起身，直直向我奔来……

我想我那一刻的表情一定很丰富。因为这只"野猫"，颠儿颠儿扑过来之后，既没有一爪子挠我这个乱学猫语的混蛋，也没有跟眼前这个陌生的庞大人类保持距离。

它扑过来，然后直截了当地，挨在我脚边蹭。一边蹭，一边"喵喵"叫，像是亲昵，又更像是撒娇。

半分钟后，它已经贴着我的脚面在地上打起滚来……

几年后，我终于寻摸出一句足够贴切的话可以送它，只可惜那时候的小白已经不知道流落到哪里去了。倘若时光可以倒流，可以回到当初那个下午，我想我低下头去抚摸它之前，一定会对翻滚在地露出肚皮的那个家伙先说一句：

亲，你的节操掉了。

05

小白脑子里显然是没有掉了一地节操的概念的。不过,从它跟周围的猫邻居们不太友好的关系来看,我大概能猜到其他的猫肯定是嫌弃它把野猫一族的脸都给丢尽了……

小白太过于亲近人。它不但不具备流浪猫对人疏离防范戒备的本性,甚至亲近人滥情到比宠物猫还没有下限——朋友家的宠物猫也不是对谁都亲的,遇见看不顺眼的家伙,一早远远逃开,不高兴了还干脆利索地给上一爪子。而小白……最初我以为,它是跟我投缘,所以格外亲厚。后来才发现这家伙压根就是对人类不设防线,不管是谁,叫一叫它,或是招招手,它就会颠儿颠儿地凑上前。有段时间我一度怀疑,哪怕陌生人勾一勾手指头它都能躺下来打滚。不过谢天谢地,起码在我视线之内,露肚皮这种事情真的没有再发生过。

但我还是日日担忧。一只流浪猫,对人如此不设防,受到伤害的概率势必很高。很长一段时间里,每天看见它我都很纠结,一方面高兴于它对我的亲密;另一方面则又忧心忡忡怕它因此被人伤到——小白一根筋的脑子大概不懂这些,而我这个复杂的人类却清楚地知道,不是每个人都对动物心怀善意,更不是每一个人都喜欢猫。

我怕它着了坏人的道。

所以，它在冬青树下的碗里吃饭时，我常常蹲在一边儿对着它的脑袋絮叨："你个二货，别谁招手都往人跟前跑！陌生人给你吃的东西也要试探一下再吃，知不知道？"

我估计我是白说了，那些话它听不听得懂是一回事，就算听得懂，记不记得住、改不改得了又是一回事——自始至终，小白都在埋头"咔咔咔"地嚼。就算是听懂了……我想那些话，大概也都被它就着饭吃到肚子里去，然后拉出来埋在花坛里变成农家肥了吧？

小白在跟人保持距离方面基本没有脑子，但这又或许正是它的聪明之处——人与人之间还有个伸手不打笑脸人的成规，更何况是一只温柔亲人的弱质猫。早在我回来之前，它在这一带就已经很吃得开了。退休在家的中老年妇女们大多很喜欢它，隔三岔五不忘在窗口楼门呼唤几声，给它送些残羹剩饭、小鱼小虾。

相比家宠，这样的日子可能算是非常糟糕的，毕竟我认识的许多猫奴朋友都是宁愿自己啃泡面也会给猫买进口罐头……但说真心话，那个时候的小白，其实过得比它绝大多数同类更滋润，但即使威武彪悍如奶牛，我也曾在垃圾箱附近见过它的身影……

开始喂养小白之后，我渐渐跟一栋楼上的阿姨们熟悉了起来。隔壁单元的阿姨家里养了两条狗，但这丝毫不耽误她喜欢猫。我常常隔着窗子看见她给小白送吃的过去，而妈妈也曾无意中说起，当初小白在寒冬生下那窝小猫的时候，也是这位阿姨，在自家楼道里搭了个窝给它安身。

  从小到大，我始终坚信，对动物好的人心地一定坏不到哪儿去，反之亦然。所以，自那之后，每每在楼下遇见，我都会主动跟这位不熟悉的阿姨攀谈。逐渐熟悉了，便知道了她养的两条狗是一对"母女"，从搬家过来开始算起差不多养了有十年。再熟悉些后，便知道每天早上几点钟她会定时出现在楼下遛狗，每到那时，小白基本就能吃上每天的第一顿饭……

06

  平淡的生活来自点点滴滴琐碎的累积。暴躁的6月过去，我开始试着适应一个专职作者的生活。整个漫长的夏日我都昼伏夜出——抱着笔记本写稿到天亮，窗外晨光大亮鸡鸣犬吠的时候，我往往还没有去睡。

  关了电脑，扭头去看窗外……

小白正姿势优雅地蹲在花坛里方便，旁边是一丛月季和不知哪位邻居见缝插针栽下去的几棵小葱。养狗的阿姨们凑在一处闲聊，脚下的那几只狗彼此已是老熟人了，你追我赶的倒也没什么新意。

我关了电脑，正想拉上帘子去睡觉，忽见那条名叫"皮皮"的京巴突然加速，冲着树丛后面刚如厕完的小白直直冲了过去——它的同伴在身后叫成一片。众狗组团去撵一只猫，真真不是英雄之道——我心里这么想着，嘴角却忍不住笑。而小白，被这么一吓，自然立马看清了形势，拔腿就跑……

鸡飞狗跳的叫声让狗的主人们立马从聊天状态转为各自呵斥自家的孩子："皮皮，站住！"

"贝贝，不许胡闹！"

但兴头上的小家伙们怎么可能理会主人的话呢？相比等下要不要被拉回家骂，很显然先逮住眼前这只小猫比较重要。

皮皮和贝贝头也不回地继续冲了过去，可怜的小白势单力薄，只能在花园里面绕圈儿跑。

那几只小家伙显然是早有预谋，其他几个"帮凶"早在周边布阵，三角合围，把花园围了个水泄不通。跑是跑不出去了，小白紧张之下，一个脚滑，差点被从侧边扑过来的某个家伙逮到。

我有点担心，本能地想冲到楼下去给它帮忙。是的，我就是传说中那种护犊子的主人，虽然小白并不是我的猫。但作为一枚曾养过猫的人……小时候我家的猫跟别人家的猫打架，我总是挥舞着扫帚张牙舞爪冲锋陷阵在第一线……

我很感激小白这个家伙，它比我曾经养过的那几个笨蛋更有脑子——那几只笨猫打不过的时候只会跑回家躲在我身后让我替它们报仇，而小白在发现大事不妙、眼看就要被狗抓到的瞬间，"蹭"的一下蹿到了半空……

划过了优美如体操运动员的一条弧线，然后，它稳稳地抓住了花坛里那棵紫荆树的树干。

我悬着的心立时放下了。

几个小家伙追上来却扑了空，很是愤愤地在树底下看着它叫，但已是无计可施。小白则蹲在一丛花树的枝杈上，虽受了惊，不敢下来，却也免了被几个小家伙蹂躏的遭遇。斜睨向下的目光里，依稀有些许"小样儿，有种你上来"的得意。

07

后来我才知道，似这种狗撵猫的戏码，其实也都是家常便饭,这栋楼上的几条小狗都是小白的老熟人了,隔三岔五,时不时就会来上这么一出。

贝贝主人跟我说,就算追上了,它们也不会真的去咬小白……不过是嫌弃周围都是熟悉面孔,了无新意,想寻个乐子让小白陪它们玩儿罢了。

我笑笑,表示理解。

但后来也真的遇见过心怀叵测的——同一小区,隔两条街远的距离,有人豢养大型犬。我不懂狗,不知道那是什么品种。唯一可以肯定的是,他们家的狗,撵起附近的流浪猫来,是真的下狠手。

最可恨的是,狗主人压根不管。

当我遇见的时候,小白已经被吓得惊慌失措。就算它跳上紫荆树也没用,那树太小了,勉强挡得住京巴之流,却禁不起一条大狗的用力摇晃。

我从小就怕狗,见了狗基本都是绕着走。但那会儿真是什么也顾不上了,直接冲了过去,随便抄了点东西就要砸过去。

狗主人这时候才慌忙现身,斜刺里冲过来把自家狗拉到身旁,"你干什么?我告诉你,你敢动我家狗你试试!"

"它敢咬猫,就给我试试!"瞪什么瞪?比什么?谁比谁更凶,谁比谁更横?我虽骂不了一只狗,难道还训不了你一个人?

"野猫而已,又不是你家的猫,你凶什么啊?"果然是硬的怕横的、横的怕不要命的,外强中干的货色一遇见更凶残的立马服软,"再说这不是没咬着嘛。"

我瞪着他。"不是我家的怎么了?没有主人就等于谁都可以随便欺负?"

又是狠狠一眼,大抵有点像是奶牛猫霸气侧漏的地头蛇风范,"你可以不喜欢流浪猫,你可以瞧不起它,但你不能因为它是只流浪猫就随便欺负它,更不能伤害它!"

说罢,丢一个"再让我看见你家狗咬猫,我连狗带你一起弄死"的威武眼神,抱起已经吓傻了只会死扒着树的小白,转身走人。

08

贝贝的主人就是隔壁楼那位好心的阿姨。除了吃的,她还每天定时给小白送一碗水放在花坛的冬青树下。偶尔碰上我的时候也会问:"昨天刚在楼上看见,你是不是又给小白吃了鱼?"

是的,给小白吃的最多的,就是鱼。

老爹是资深钓鱼发烧友，每个周末雷打不动的活动只有钓鱼。带回来的鱼放在冰箱，陆陆续续就都成了小白的口粮。

我试着买过猫粮给它。但后来发现，它似乎更热爱生腥的食物——在吃方面，小白秉承了一只流浪猫的全部特点，它不太挑食，在有的吃的时候，几乎什么都吃。

刚开始喂它的时候我还有所顾忌。直到看见一条还活着的鲫鱼，蹦到半米的高度上被它狠狠摁倒在地，然后，一下就咬了过去。我承认这一幕多少有点血腥，但唯有那一瞬间，小白终于具备了一只"野猫"的凛凛野气。

我悬了很久的心也终于可以放下来了。

它吃鱼的时候我抚摸着它的脊背。我心里默默地说："终于不用担心你会被饿死……"它能逃脱狗的追捕一跃上树，也能三级跳蹦上比人高的车库，还能一爪子扑倒满地乱蹦的活鱼。我知道这对一只猫尤其是流浪猫来说根本算不了什么，但起码这些可以证明，即使没有人的庇护，我的小白也应该有能力，让自己活下去。

这么多年来，老爹一直都很坚定地告诉我，猫一定爱吃的东西，只有鱼。不是耗子，不是猫粮，不是虾皮和馒头，或者人吃的饭，而是鱼。

鱼。

所以小白的口粮一直都是鱼。每个星期有两天，小白都可以吃到鲜活的小鱼，剩下五天则是冰在冰箱里，然后每天解冻出来。当然，其间还穿插着贝贝主人给它拌的饭。

我的生活在秋天里变得规律，每天喂它吃鱼，蹲在身后看它吃完，再默默地在楼下待一段时间，然后滚回家继续某个稿子或是一场游戏。

生活逐渐适应，但勃勃的小野心却还在发芽。斗志就像藏在肉垫后面的爪子，时不时地露出来挠一下心。

那时候我对职业作者的概念还没有一个清醒的认知，所以始终觉得不让自己荒废的方式大概还是要找点事做，一份职业，或者说，一个可以盛放自己能力与热情的工作。

当然，这些七七八八的事情还可放到以后再说。

当务之急是，小白没有鱼吃了，怎么办？

天气逐渐变冷，老爹出去钓鱼的机会已经很少了，所以，小白的口粮便成了问题。虽然它很乖巧，什么都吃，给其他饭我想它大概也不会抗议，但一个夏天和秋天，我眼睁睁看着它吃鲜鱼养得油光水滑、膘肥体壮，哪里还愿意用其他东西瞎凑合？

再说，就算平时吃别的，那也得偶尔改善下生活吧？

09

那场婚宴开在数九寒天。所以我特别佩服袒胸露背披个披肩就敢站酒店外边迎宾的新娘子。

闹哄哄的酒席，觥筹交错推杯换盏。忍着头疼终于挨到散场。

突然之间，灵机一闪。

大概是现在人生活太好，鸡鸭鱼肉的宴席，基本上总是怎么上来的又怎么回去。席间必定是有鱼的，而那条鱼，必定又总没有人动几筷子。

清蒸的，没什么味道，小白可以吃。

这鱼很大，它应该会喜欢吧……

我叫了服务员过来打包，自己桌上这条，还有……一不做二不休吧，还有旁边那桌的，那桌的，还有那边……

打包打得正起劲，突然有声音从身后传过来："你这是干吗？"

回过头，一个熟人正匪夷所思地看着我。"额……"支吾几声，索性把心一横，"打包，带回去喂猫。"

"咦，你养猫了？"

"楼下的……"

"哦哦。"他笑起来，往外走云。突然又想到什么，扭过头来喊了一句："我看所有桌子上的鸡好像也都没有人动，一起带回去吧，别浪费了……"

我想我出门的时候大概是被人侧目的吧。走在回家的路上，我很想扯开嗓子唱一首二十世纪八十年代的流行歌曲。

"左手一只鸡，右手一只鸭，身后还背着一个胖娃娃呀……"嗯，不对，这词得改改，到了我这儿，必须得改成："左手一堆鸡，右手一兜鱼，身后的目光是压力山大啊……"

我到现在都记得那个月光明亮的雪夜。我走到楼下之后没有直接上去，而是直接呼唤小白。两分钟后它从贝贝家楼洞里奔出来，然后，冬青树下老地方……

那条清蒸鱼，仍还温热着。

它甩开腮帮子大嚼夜宵，我踏着薄薄的积雪回家了。

虽然在酒店很丢人，但心里却很高兴。一条鱼的热量，应该可以让它应对那一夜的北风。

10

看到这里,你或许想问,为什么我不收养小白。

其实,我不是没有动过这个心。

但这个家伙,真的是一朵奇葩——它藏身之所远胜狡兔三窟,但又有小聪明,刮风下雨或是大冷天,就会进楼道躲着。很长一段时间里,我们家大门口的门垫就是它的容身之所,又或者它饿了的时候,会在门外,"喵喵"叫上几声。

我曾试着开着门,让它进来。

但每一次,都是同样的结果。它会跟你要吃的,要么在那里趴着,躲一场风雨,避一场雪,要么是睡一个小觉,但你开了门让它进来的时候,它又异常坚决,始终不肯越雷池半步。

我曾试着抱它进门厅,但结果她还是退到了门外的垫子后面。给它拿吃的,也只是在门外吃完。

我不能理解这是怎样的思维模式,只能对自己说,也许它更喜欢固有模式的流浪猫生活。跟人亲近,但并非彻底地没有距离,接受人给予的食物和照顾,但不愿意进入一座四壁雪白的监牢,从此变成宠物被人束缚。

那么,便这样继续过下去,不强求了吧。

三寸温存

冬天开始的时候我找了份工作,不必坐班,却依然承受着跟从前一样沉重的压力。试着一切从头来过,告诫自己要认真对待。

但几个月后,还是发现事情并非如我想象的那么简单。个人的努力可以重来,但集体的协作无法复制。倾注了热血和努力的结果,最后居然是换不回合作方一点最基本的尊重和信任。完全新生的刊物,最重头的策划,几次推翻熬了几个星期才做出来的东西,居然会因为"觉得字有点多"这样一个简单的理由,被硬生生砍头去尾,直接肢解。

不是修改,不是推翻。

只是最简单的一个处理,就砍成了前言不搭后语。

看着被外行粗暴肢解且已成定局的稿子,完美主义者表示彻底地怒不可遏,但隔着电脑和电话,我无从发泄自己心中的怒火。

数月之后,再一次暴躁如困兽,一个人大半夜在屋里狂兜圈子。

然后,三月料峭的倒春寒里,我披衣出门,摸黑下楼。

我觉得,在那样濒临失控的时刻,大概唯有凛冽北风,才可以吹熄心头的怒火。

凌晨三点的夜很静,整栋楼已没有了灯光,就连唯一剩下的那盏路灯，也是晦暗昏沉的。

我坐在花坛的边沿上，大口大口地做深呼吸。冷冽的空气穿过鼻腔进入肺里，整个人不由自主地打着冷战。

我一直在发抖，但是分不清自己的发抖到底是因为太冷还是因为生气。

灰暗的人心隔着肚皮，你看不通透那些冠冕的话语之下到底藏了什么玄机。那一刻我突然觉得厌倦。

在职场里滚打多年，比这更过分的事情我见过很多，也不是没有委曲求全过。可是，为什么，这一刻……突然觉得，累了呢？

11

我不知道小白是什么时候来的，也不知道它是从哪冒出来的。

它在这栋楼里有很多个据点，不止我家一个，我不知道它那天晚上为什么会从楼里跑出来。也不知道它期期艾艾蹭过来，跳上花坛石阶凑到我身边的时候，心里在想些什么。

三寸温存

我伸手摸摸它的头,"饿了?可是我没东西给你吃啊。"

小白"喵"了一声。声音一如既往地很轻。没有失望离去也没有嫌冷躲起来,而是蹭得更近了些,贴着我的腿,在旁边趴了下来。

我还在抖。

我能感觉得到它也在抖。

三月的夜里真的是太冷了。我在那儿坐了很久,身下的石头依然冰凉。我觉得自己像是坐在一团冰上。

可我有大衣。

低头看一眼身边的小白,我把它抱过来放在自己膝上。

"你也很冷吧?"

"这么深的夜,谢谢你来陪我。"

小白自然不会回应我,它没有再叫,只是伸了伸脖子,将下颌放进我的手里,慢慢地摩挲着。

直到此刻——敲下这些字的时候,我似乎仍能感受得到,那个三月里寒风刺骨的深夜,整个人都被冻透了的时候,手心里那唯一的一点点温热的感觉。

柔弱地贴在掌心里,隔着白色毛皮。它不会说话,却在我最孤独灰颓的时刻陪伴着我。一只猫给不了我很多,但那仅仅三寸的温存,足以让一个暴躁的人,平复下心中所有纷杂的情绪。

我的一个朋友说,她遇见她家猫的那天,她家的猫隔着笼子,拼命伸着爪子,冲她又挠又叫。神情甚是焦灼。于是她就猜测,说自己是不是上辈子跟谁有约,结果这辈子忘了,对方却还记得?于是她便把那只猫咪带回了家,相依相伴直到如今。

我也在想,我跟小白,算什么呢?

前生擦肩还是回眸?又或者有怎样的一段故事?才能换来这一世我喂它许许多多条鱼,而它在那样深的一个夜里,还我三寸而永恒的温存?

12

我不想写小白的结局。

却又不能不提。

虽然对我来说,那是一个谜。

两年后的某一天,在皮毛光滑出落得更漂亮,又做了一次母亲,并继续吃鱼顺利带大了三个可爱的孩子之后,它和它的孩子,一起消失了。

四只"喵星人"的失踪,只是一夜之间的事。

就像没有人知道它来自何处一样，我问了周边许多人，但没有人知道它们去了哪里。我找遍了小区里所有它经常出现的地方：晒太阳的屋顶、躲风避雨的楼洞、定期施肥的花坛，还有狡兔三窟的暗道。

所有的地方，都没有小白的身影。

心里很失落，但不是非常的难过。我相信小白不会是遭遇了什么不测。我想，它也许只是忽然想换个地方生活——或许跟它的孩子们一起，它们需要更大的地盘，或许它春心荡漾跟某只过路的猫跑了……

总之，它轻轻地转了个身，丢下一串的谜团，而我大概会有很长很长的时光，可以去慢慢地猜测。

小白，我想你了。

不管你在哪儿，我都希望你过得好。

萧天若：A型血，双鱼座。爱清净，有一点坏脾气。喜欢历史、诗词、古曲、瓷器等一切跟自己生活的这个时空有些距离的东西。执着于北宋历史，有许多跟自己有同样爱好的朋友。从事过几年职业编辑，如今是自由撰稿人。沉浸在文字里的时候，偶尔会觉得痛苦，但大多数时候，是不亦乐乎的。借自己手下的文字，推动他人的喜怒哀乐，是一件很有成就感的事。

其作品多见于《飞魔幻》《花火》《飞言情》《许愿树》《男生女生》。

我和我的猫都开始想你了

——苏画弦

我和我的猫都开始想你了

很多人都说女人像猫，

有时候温柔得像是整个世界都跟着柔和了下来，

有时候傲娇起来可以六亲不认，

有时候你靠近，她会躲开，

有时候你不理她，她又会自己靠过来，

陶先生对我说："你和招财都是这样的存在。"

01

遇见招财之前，我对猫都是唯恐避之不及的。还记得小时候，家门口有间杂货铺，杂货铺老板养了只黑猫，一到晚上它的眼睛就会发出绿油油的光。我每次从那儿路过都有点毛骨悚然，并且坚信拥有九条命的猫是通灵的小怪物,如果和它的眼睛对上光,很可能会一命呜呼。

后来奶奶告诉我,猫是喂不熟的,谁给它好吃的,它就会跟谁走。

如此,我对猫便再也提不起兴趣。但我没有想到,自己某一天会突然爱上这种动物,甚至一发不可收拾。

那段时间我恰好在准备博士复试,每天陶先生出去上班,我就磨磨蹭蹭地起床看书。生活是重复而没有乐趣的。结果就在某个阳光灿烂的清晨,阳台外面突然传来了一声猫叫,一开始我没有注意,只当是别人家的猫。直到声音越来越近,我终究没忍住好奇,悄悄地到阳台上探查。

一颗毛茸茸的脑袋突然闯入视线,它眯着眼睛打量我,我也打量它。

"呀,猫咪!"我当即忍不住惊呼了一声。

"喵呜……"它像是在和我对话。

都说人与人之间有缘分,人与动物大概亦是如此。也许在我看到招财的第一眼,就已经和它认定了彼此。

我家住在十六楼,阳台外面有大约三十厘米宽的延伸。我环顾四周,觉得它可能是从隔壁阳台爬过来的,因为隔壁的阳台没有封。

那时候的它，脑袋很小，身子也很瘦弱，看上去像是饿了很久。我连忙回屋找吃的，想来想去也就只有火腿肠可以试一下。

于是我慢慢探出半个身子，将火腿肠递到它嘴边。它先是嗅了嗅，下一秒便猛地咬住食物，然后敏捷地钻回了隔壁阳台，狼吞虎咽起来。

后来我才知道，邻居搬走时没有带走它，而是让它在十六楼自生自灭。它把家里仅剩的猫粮吃完后只得出来觅食。

也许它没有意识到自己被遗弃了，也许它以为主人还会回来。带着这样的期待，从白天到晚上，周而复始，最后只剩下茫然、委屈和绝望。

我这样和陶先生说时，他笑话我小说写多了。可我仍旧固执地认为，它的心里必然有了一道伤口。也许我能让它的这道伤口尽快痊愈。

02

就这样，我接连喂了它一周多。

它好像和我形成了一种默契，只要我一拉开窗帘，它就会立刻出现在窗外。那时，我用"喵喵"来称呼它，而它似乎也接受了这个名字。

我从网上买了一些猫粮和鱼罐头，但高空作业的喂食方式总会带来失误和浪费。我心中渐渐萌生了一个念头：我想收养它。

我开始游说陶先生："我刚才想找一些猫狗协会这样的组织来收养它，结果去微博找了找觉得有点不好操作。然后我就想着，学校宿舍楼下有一大堆猫，多一只也不多，反正女孩子都很有爱心，也会定时喂养它们。可是这猫不好带上高铁，难道我要雇辆车带它去？再说，万一我没考上博士，它在学校里被别的猫欺负了怎么办……"

陶先生："你到底想说什么？"

我默默搓了搓掌心："我们收养它吧。"

陶先生："给我一个非养它不可的理由。"

我托着下巴仔细思考了一番。

小猫很可怜？

我们是有爱心的年轻一代？

我和它很投缘？

救猫一命胜造七级浮屠？

我踌躇了半天，最后说："因为你喜欢我，我喜欢猫。你养着我，我养着它，完美！"

于是，陶先生成功被我拿下。

当晚陶先生就凭着身高优势，将猫从窗外抱了进来。之前和它一直隔着玻璃沟通，现在可以接触到它软软的身体，感觉心都跟着化了一样。顿时我就把以前那些对猫的偏见抛到了九霄云外。从这一刻起，我是一个有猫的人了，我的身份也成功转变为铲屎官。

养猫的第一件事就是给它起名。

陶先生正在旁边看股票，我凑到他旁边，指了指垫子上酣睡着的某物说："我们叫它什么好呢？"

他打量了一下猫："黄白相间……咖啡？"

我："那为什么不叫牛奶呢？明明白色的地方更多。"

他："那就牛奶吧。"

我立刻摇了摇头："没有内涵。"

他叹了口气："你是大傻，它是二傻，怎么样？"

我反驳："不，我是大宝，它是二宝，怎么样？"

小猫被我们吵醒了，它伸了个懒腰，微眯着眼看着我们。突然，它挥了挥前爪，像是在对我们招手，那神态颇有些睥睨天下的高冷，仿佛是在召唤我前去取悦它。

我脑中灵光一闪："招财进宝……叫招财好不好？你天天都在和钱打交道，这个名字听上去就很适合你。说不定叫着叫着，就能帮你把财运招来了！"

某人对这话很受用，当即拍板定下了招财。

03

其实，我们刚收养招财时发现它胆子特别小，平常总喜欢躲在角落里，眼睛中总透着几分警惕。不仅如此，它还喜欢执着地望着原来的家，有一次陶先生忍不住说："别看了，以后这儿才是你家。"

它很难过地"喵"了两声，我心里也有点不好受。

过了两天，我买了猫咪专用沐浴露回来给它洗澡。结果，我低估了猫对水的恐惧，没几分钟我身上就挂了彩，它在我的脚腕上留下了可怕的烙印，至今依然还在。

公婆知道这件事后，直嚷着让我们别养了。陶先生火急火燎地跑回来带我去打针，并给长辈们做了解释。晚上我们回到家，招财缩在角落里，一双黑溜溜的眼睛看着我们打转。

陶先生指着我的伤口对招财说："恩将仇报啊你！"

我忍不住帮它说话："我以前没养过猫，也是大意了。下次我买点干洗泡沫就好了。"

对于我的纵容，陶先生竟然有点吃醋。但我当时觉得，招财虽然被人遗弃过，不会轻易再相信别人。可只要我们对它好，时间长了它就一定会接受我们。

带着这样的想法，我又给它买了很多猫咪专用小玩具。怕它在家无聊，我还经常会和它玩一会儿。

我顺利考取博士的那天，一进门，招财竟然跑过来迎接我，还不停地用脑袋蹭我的脚踝。

当时我松了一口气，以为这样就算相安无事了。可万万没想到，招财又给我们出了难题。它突然开始在半夜或凌晨吵闹，这对于每天要早起上班的陶先生来说简直是噩梦。我想过很多办法，但最后都没有成功。最后，我只好每晚睡觉前把招财放到一个比较少有人经过的楼道口拴着，第二天一大早再接回来。

我一直担心招财会不见，早上一睁眼就赶紧催促陶先生把它抱回来。结果最糟糕的事还是出现了。

那天早上我还没起来，陶先生一句"猫猫不见了"，吓得我立刻从床上跳了起来。他上班后，我把每层楼都找了一遍。可是，还是没有找到招财。两天过去了，仍是没有发现招财的身影。

我不由得想起了小时候养过的一只狗，那只狗丢了之后就一直没有找到。后来，我才知道它被人烫死了。虽然这件事已过去了十年，但它死了时的模样一直在我的脑海里，挥之不去。收养招财的那天，我信心满满的，还想要照顾好它，结果现在却丢了。

一想到它此时可能饿着肚子，或者身体被卡在某个地方不能动弹，我就更加坐立不安。我很不理智地开始责怪陶先生，后来他突然出了门，我以为他生气了。结果两个小时后，他浑身脏兮兮地抱着招财回来了。

一回家，招财便飞快地跑到阳台上吃猫粮。我心疼地蹲下来摸它的头："我的小宝贝，你可算回来了！"

陶先生跟在后面进来："不生气了？"

我沉浸在失而复得的兴奋里："你下去找猫怎么不和我说？"

"万一没找到，不是又让你失望。"

我突然有些感动。

陶先生看着我，叹了一口气："突然觉得自己的命运被一只猫掌控了。"

我十分赞同地点了点头。

第二天早上出门遇到保安，他告诉我，陶先生看了一个多小时的监控才找到了招财。

招财的到来改变了我的生活，而我也改变了它的命运。

04

都说猫最大的爱好就是睡觉。

招财也不例外,每天睡觉的时间超过12小时。吃了睡睡了吃,没事干就在家里上蹿下跳地干坏事。时常一不留神,家里就和战场一样。

正如每个家庭里都需要有人唱红脸和白脸一样,陶先生一直扮演着后者。所以每当招财顽皮时,他一定会"揍"它一顿。以至于只要陶先生在家,招财都喜欢从床底下过,可只要陶先生去上班,它就会大摇大摆地在家中穿梭,颇有点招摇过市的意思。

我给它买过一个很高的猫抓板,它很喜欢蹲在上面晒太阳。每天晚饭过后,陶先生就会逗它玩。刚开始,一人一猫玩得很是开心,可是后来不知怎么回事,招财急了,一下子就进入战斗状态了。

而在这种情况下,我都会第一时间拿出手机拍照录像。现在我的手机里有一个招财的专用相册,里面记录了从收养它到现在的所有照片和视频。

每每翻看这些照片,总是忍不住捧腹大笑。

05

九月来临，我回到上海开始读博之旅，不得已告别了陶先生和招财。

我一直和陶先生说，不要因为忙就忘记陪招财玩。毕竟人可以有很多朋友，可对动物来说，你就是它的唯一。

陶先生答应得有些勉强，但还是依言照做，每晚都要和招财相爱相杀一番。

那时候不管我有多忙，每天晚上都要和他们视频。

虽然，我的学业很忙，每天都在图书馆、教室和宿舍三点一线之间徘徊，但每晚的视频仿佛成了我最大的乐趣。对我和陶先生而言，漫长的异地恋给我们带来了很多孤单和寂寞。但何其有幸，招财代替我陪在了陶先生身旁。尽管它会淘气、会制造麻烦。

有时想想，我和招财也许有着命中注定的缘分。

收养招财前，我从不知道自己有一天会如此爱猫。

难过的时候，只要看它舔舔爪子就觉得暖心。

疲惫的时候，只要看它追着毛线球跑就又能瞬间恢复元气。

无聊的时候，只要看它狼吐虎咽地吃完一大盆猫粮就觉得很

我和我的猫都开始想你了

满足。

招财的到来，对我们来说，就像一个美丽的意外。但我每次看着它，都会感叹生活对我的眷顾。

有天临睡前，我收到陶先生发来的一句话："我和我的猫都开始想你了，记得常回家看看。"

我突然就被感动了。

我、陶先生、招财……我们就是幸福的三口之家。

苏画弦："90后"作者，其擅长以凝练细腻的文字、现实清新的文风，记录青春成长过程中的酸甜苦辣。

其作品多见于《花火》《意林·轻小说》等刊物。

心心念念,都是再见

——黄镜滔

心心念念，都是再见

01

我的女友赵惟依正在客厅练着瑜伽，背部的骨头和肌肉有条不紊地随着电视的教学画面律动。

她平日里都很懒散，最近一个月也不知道怎么就突然变得勤奋起来，开始拼命运动。短短数周，不仅整个人瘦了一圈，还变得比以往更精致漂亮了。

"对了，亲爱的，明天我要回老家沙城一趟。"她突然说道。

我有点意外："明天不是周一吗？"

"嗯，我已经请好假了。"

我顿时变了脸色，好一会儿，才又问道："回沙城有什么重要的事呀？班都不上了。"

"去给高中时的闺蜜当伴娘。"赵惟依说。

我踌躇了一下，问她："需要我陪你去吗？"

"不用了，你去了会很压抑的。"她摇摇头。

此刻我正在厨房捣鼓给花仔的猫饭，仔细地把肉切丁，然后放入锅，用清水蒸煮着。望着水面浮起的无数水泡，脑海中瞬间闪过无数个念头，诸如"没事开开同学会，拆散一对是一对"之类的段子，几次话都到嘴边了，但最终我还是什么也没说。

沉默取得了一定的效果，赵惟依紧接着补充道："这次婚礼相当于一个高中同学聚会，大家都会聊学生时代的趣事，你又插不上话，在一旁干坐着，那不是傻透了？"

"不是还有你吗？我和你说话就行了。"我看向她，只见她的白T恤被汗水浸湿了，没有一丝赘肉的腹部清晰可见，随着呼吸而起伏。这时我终于明白了，她为什么最近拼命健身，原来就是为了在同学会上闪亮登场。

"我哪顾得上你，我可是伴娘好不！伴娘会特别忙，要围着新娘鞍前马后的。"赵惟依叹了口气，"好了好了，听我的，你就安心留在家里吧。别忘了你还要照看你的花仔呢！你走了，谁给它喂食啊？"

"没关系的，婚礼不就是一两天的事吗？回来再喂一样的。"

"你这人怎么这么不负责啊！"赵惟依的语调突然变得高亢、刺耳，一点也不婉转，"这么冷的天，万一花仔没有热量冻死了！那你的良心不会痛吗？"

心心念念，都是再见

我还想说点什么，不过最终还是把话憋回去了。

是的，她说的没错。现在已经是深冬时节，寒意铺满了整个大地。

这样一来，流浪猫的生存环境就变得越发严峻。众所周知，猫咪在冬天的死亡率非常高，它们迫切地需要食物和水，如果吃不饱根本就撑不下去。

而花仔，就是其中一只与我亲密的小母猫。它有着老虎样的花纹、铜橘色的双瞳。

也不知道从什么时候开始，我养成了一个习惯：每天晚上九点，我都会带着热乎乎的猫饭，到小区花坛处定点喂食花仔。

花仔并没有非常精确的时间概念，为了能够碰到我，它每天早早地就去等候，无论风吹雨打，从不缺席。哪怕是在大雪纷飞的日子里，它也会提早一两个小时，在花坛处默默地徘徊、等待，俨然一尊雕像，守望着我的到来。

有一次我加班，接近凌晨才回家。可是，花仔仍在花坛处傻傻地等着。看到我来，它缱绻地围着我蹭，嘴里不停地叫唤，而那时我的手里却没有食物，简直让人羞赧。

端着热气腾腾的猫饭，赵惟依陪着我一起下楼了。原本在草丛里烁烁地打量着我的花仔，闻到香喷喷的猫饭瞬时冲了上来，将其一扫而空，连一丝残渣都没放过。

"如果我外出几天,你能别出来傻傻地等我吗?"我抚摸着它圆乎乎的脑袋说。

它没有回复我,只是躺在地上打滚,将软软的肚子对着我,以示无条件的信任。

我蓦然有点心酸。我知道,无论发生什么,花仔都一定会等我。

为此,我彻底放弃了去沙城的念头。毕竟猫儿在漫长的冬夜里要忍受着寒冷,是不易的,全靠晚上我带来的热乎乎的食物维持一日的能量。

如果我不来,它就有可能会死。比起生命,错过在女友的同学会上亮相的机会,又算得了什么呢?

02

周一一大早,赵惟依早早地拎着行李箱走了。家一下子空荡起来,仅剩下了静谧。

屈指一算,我和她也算恋爱了有两年了,这两年间争争吵吵、打打闹闹也不少。虽然有时候心很累,可依然是幸福的。毕

心心念念，都是再见

竟感情这事纷繁复杂，远非一句话就能涵盖。

赵惟依其实就像个孩子一样，不仅喜怒无常，还死要面子，从不让步，哪怕明知是自己错了都要硬撑到底。这就导致每次发生冲突时，只好我低头认错，显得我就很懦弱，但两个人的感情世界只有两个人知道个中滋味，我低头认错何尝不是因为爱她呢。

三年前我们初识，随后我就勤勤恳恳、任劳任怨地追了她好久。她的事，无论大事小事我都会关心，做任何事之前都会考虑她的心情。我就这样无条件地疼她、爱她、呵护她，围着她打转了整整一年才牵起了她的手。

虽然牵了她的手，吻了她的唇，甚至最后半推半就地同了居，但她始终没有正式地和我确定过关系。

其实，我知道自己不是她心仪的对象。

她喜欢那种很有男人味的江湖大哥，而不是我这种白白净净的文弱书生。她的初恋就是那种在学校叱咤风云的人物，虽然两人已经分手，但依然还保持着不咸不淡的联系，这也是我内心耿耿于怀的地方。

我说过几次，想让她彻底断了跟他的联系，但每次都被她以"我想多了""你缺乏自信""多疑"否决了。

那一段时间，我日日坐立不安，翻来覆去睡不着。

可又有什么办法？

有人说，爱情就像一个战场，如果谁先爱上谁，谁就先输了。可是，在这场爱情里，我早已缴械投降、一败涂地。

她抵达沙城的时候已是傍晚，我这边已然开始落雪。这雪下得有点突如其来，我还没看到下雪的真正过程，小区就已经被一层松软的"奶油"盖住了。

家里暖气充足，甚至有些过头了，就连穿着单衣都觉得有些热。我站在阳台上，看白色的结晶星星点点地飘浮在昏暗的天空下，想到花仔在极寒的日子里苦熬，就觉得过意不去。

其实我很想收养花仔，但只可惜赵惟依有过敏性鼻炎哮喘综合征，而且过敏源就是猫。所以，我只能偶尔在户外喂喂猫，真要是和猫共处一室，恐怕得要了她的命。为了她的健康着想，我只能放弃收养花仔的念头。

晚上九点不到，我准时下去喂食，今天的花仔和以往一样，一声不吭地睁着圆圆的眼睛，在黑暗中发出荧荧的光，像有魔力似的，把我攫住。

喂食的时候，我特别想念赵惟依，因为平日里都有她作陪，而这次仅我一人。我忍不住给她打了一通电话，但响了很久都没有人接，就在我准备放弃的时候，电话接通了。

听筒里传来一个陌生男人的声音。

我心中不可遏制地一颤，脑海中像万花筒似的闪过无数画面："你是谁？！"

"我是惟依的同学，怎么了？"

"让她接电话。"

"哦，她现在正和新娘一起排练明天婚礼的流程，手机放我这保管呢。"

"既然是给你保管，那你凭什么接电话？"心里不由得升起一股醋火。

"呵呵，我想接就接，关你什么事！"

"有本事你再说一遍！"我脱口而出，喉咙里像是要喷出火来。

可惜电话已经掐断了。

我心里的怒火又上升了一大截。在努力平复之后，我又回拨过去，结果却听到了"你拨打的电话暂时无法接通"。

难不成这男的把我拉黑了？他凭什么把我拉黑？他是谁？……

雪还在下，雪花飞舞着飘落在我的头发上，然后融化，随后又冻结在发梢。

我内心充满了暗涌波动的海水和熔岩，两股力量交织在一起，仿佛要将我撕碎。

03

我在家坐立不安，走来走去，忧闷、焦虑、哀愁、牵挂，让我无法安眠。

每隔几分钟，我都会尝试再拨打电话，但发现仍然处于无法接通的状态。没办法，我只好不停地发信息，发了上百条，却没有得到一条回复。

墙上的钟表逐渐滑向凌晨，我不禁想，她到底在干吗？一个婚礼排练需要这么久吗？

我不知道自己是不是想多了，可自己没来由地烦躁。

尤其是一想到那个接电话的男人，就更加难以自持。

有一种强烈的预感攫住了我，让我觉得她和那个男人之间非同一般。

我很想现在就买张火车票去沙城，可有什么用呢？我压根连她住哪个酒店都不知道。

就在我胡思乱想间，手机突然来了一条赵惟依的微信，是一条长达60秒的语音。

我立刻来了精神，鼻息凝神地听，结果全是废话。

"那男的是谁？"我直截了当地问。

心心念念，都是再见

"我同学，怎么了？"

"你把手机给他干什么？"

"帮忙保管啊，我穿着伴娘服，手机不能放啊！"

"难道就不能给个女生保管吗？非要给一个男的保管？"

"你这人咋这么小心眼啊！"说完，还说她好不容易和老同学聚一聚，让我不要一直打电话，否则她就一直关机。

于是，整整五天，我和赵惟依都处于半失联状态。

直到周五下午，我在火车站接上了风尘仆仆的赵惟依。

当她从火车站里出来的时候，我就感觉有点不对劲了。我们之间丝毫没有小别胜新婚的悸动，反倒是疏离的清冷气息充斥着彼此之间的空气。

接过她手中的行李，打车回家，可一路上，彼此之间沉默无语。我本来想问问她当伴娘的体会，可她心不在焉，目光一直望着车窗外，也不知道在想什么，活脱脱衬得我像一个局外人。

到了楼下，我把行李拎了上去。本以为到了家她会有所改观，可她的样子依旧如故，和外面的流浪猫一样，冷漠却又充满复杂情感地凝视着我。

"玩得还开心吗？"我强行挤出一句。

"嗯。"

"具体玩的什么呢？"

"'狼人杀'。"

我告诉她，我对她这次去当伴娘是很反对的，因为通常情况下结婚当伴娘两三天就可以完事了，而她却差不多有一周，并且中途还不让我经常联系她。

她沉默了片刻，给出了理由，说玩"狼人杀"不方便接电话，要是有人接电话，就会破坏气氛。

说完，她就提出要去洗澡，让我别说了。

第六感强烈地告诉我，她隐瞒了我一些事。

04

事实证明，她真的隐瞒了我一些事情。这一证实还多亏了她的相机。

在她洗澡的时候，我整理她的行李，发现了她的傻瓜相机，出于好奇，就打开了浏览模式。粗略看了一下，里面都是当伴娘时的照片，以及和同学玩"狼人杀"时的合照。

可是，在这些集体合照里，总有一个帅哥亲昵地站在她身旁。

而这个帅哥，我恰好知道他是谁。

在我追求赵惟依的时候，我会经常去翻看她的QQ空间，在QQ空间里我就发现一个头像帅气的男生会时不时地给她留言。于是，我特地点击他的头像，翻看了他的全部状态，发现他有着英俊刚毅的容貌、肌肉健美的体魄，这一形象很受姑娘喜欢。

相比之下，我只不过是个肥脸胖子。

再说，当时我的身份只是追求者，所以没敢行动。等到同居之后，我趁她挂QQ的时候，偷偷点开了他们的聊天记录，发现他是她的初恋。

从那时起，我就牢牢地记住了这个男人的长相，暗自祈祷在日后的生活中不要再有他的身影。不料世事难料，今日才知晓，他非但没有从我的生活中消失，反倒默默潜伏，寻觅机会给我致命一击。痛苦、怨恨、感伤一时间涌上心头，我只觉得双腿发软，垂在腿侧的双手握成了拳头。

"你在干什么？为什么碰我相机？"洗完澡的赵惟依看到我手里的相机，不禁质问我。

"你为什么不告诉我，这次同学聚会有你的初恋？"

赵惟依一怔，明显没料到我知道她初恋长什么样子。

"我去之前也不知道他在。"她耸耸肩，不在意地说道。

"那他为什么来了呢？"我尽量让自己冷静下来。

"新娘没告诉我,她邀请了他当伴郎。"

"哦,也就是说,你们一个是伴娘,一个是伴郎,一起携手走进了婚礼的殿堂。"我声音颤抖,努力抑制着自己即将爆发的情绪。

"哎呀,你想多了!"她可能是看到了我压抑的情绪,不禁放软了声音。

我开始追问她具体细节,她也没有隐瞒。

她说,她和初恋碰面并不尴尬,毕竟当年在一起时还是高中,是那种单纯的爱情,没有掺杂很多利益成分。自然相爱,自然分开,所以久别重逢后,就像老朋友一样,自然而然地寒暄了起来。

"然后就是他帮你接的电话?"

"嗯。"

"是不是很多场合你没接我电话,就是因为他在身边?"

"嗯。"

她的话,一点一点地朝着我的心脏凿开一个又一个心酸又无形的洞。

"好啦好啦!我和他之间没什么,学生时代的恋爱不都是过家家嘛!"

我没有说话,她见我还有情绪,就想哄哄我。不知怎么回事，她的这一行为反而让我觉得，她这是心虚的表现。

于是，不经大脑的话就脱口而出，"你们是不是还藕断丝连，死灰复燃了？"

"什么？"

"是不是？"我加重了语气。

"你什么意思？"

"就那个意思。"

怔愣一阵的赵惟依一个巴掌狠狠打在我的脸上，只是看着我，没有说话。半晌，她开始换衣服、清行李。我没有阻拦，只是在一旁坐着，像化石一般。

等她全部整理完毕，我又忍不住说道："你背叛了自己的男朋友，却装出一副受害者的模样，也不知道你哪来的自信。"

"其实，你根本就不是我男朋友，你知道吗？"打包完所有行李，赵惟依立在门口，突然对我说道。

我猛然一震。

"你仔细想想，我是不是从来没有正式地答应和你在一起？"

"所以呢？"我问。

"所以，你没有资格质问我。"

05

她走后,我望着空荡荡的家,突然觉得很陌生。

于是,我决定外出去找花仔,填补这让人抓狂的空虚。

对猫过敏的赵惟依不在了,我终于可以正大光明地收养它了。

似乎是感应到了我的存在,我一下楼就看到了花仔。

就在我准备拥它入怀的时候,突然一个小姑娘叫了一声"花花",花仔"嗖"的一声跑到了小姑娘的脚畔。

"这是你的猫?"我问小姑娘。

"对呀,是我们家的猫,养了都好几年了。"小姑娘说,"不过它很喜欢出来玩,太阳一落山就往外跑,直到天亮才回家……"

"哦,原来是这样啊……"

原来,我一直都在供养别人的女朋友、别人的猫,多么讽刺啊!

我在这里跟她和猫度过了一个又一个的春日、夏夜、秋风、冬雪,现在回想起来,还像是昨天发生的一样。

有时候我会想,她们的离去对我而言意味着什么?

心心念念，都是再见

是彻头彻尾的失败，还是彻彻底底的解脱？

我不明白，但我知道，总有一天我会明白。

> 黄镜滔：青年作家，湖北省作家协会会员，武汉市小动物保护协会荣誉理事。
>
> 其已出版的作品有《空白页》《墨绘记》《银十字》《永远东张西望 永远热泪盈眶》等。

爱丽丝和三月兔

——夏眠

爱丽丝和三月兔

如果提及兔子，每个人的眼里都会想起松软的毛绒球，睁着无辜的眼睛，耷拉着耳朵的形象；如果非要用一个字来形容兔子的外表，那么"萌"这个字仿佛是为了它量身定制的。当初的我，也是这么想的，直到我遇到了阿布。

阿布并不是什么名贵的品种，也没有什么特别的含义，只因为我在菜市场门口多看了它一眼。刚看到小家伙时，它趴在那里，雪白的毛色上有着黑色的斑点，宛如熊猫。卖兔子的老爷爷说："要吗？不要的话晚上就宰了。"我有些害怕地问："会死吗？"毕竟我深知自己从小到大都是养啥死啥的人，就连最为坚强的乌龟都没能幸免，金鱼就更不知道亲手埋葬了多少只了。

老爷爷操着浓重口音的普通话对我说："放心吧，兔娘身边拿来的。十块钱拿走！"

本着反正都是要死的，不如我带回去还能留个全尸的想法，我把阿布带回了家。当时的阿布，还没有我的手掌大，带回家的那刻，我的父亲默默闭了一会儿眼睛，仿佛预见了第二天的清晨又要替女儿的宠物收尸。由于是一时兴起，也没有准备，只能把自己的一个U型抱枕送给了小兔子。

看着小兔子在陌生的环境里瑟缩成了一团，我暗暗叹息：自己怎么又造孽了。果不其然，第二天一早就听到了爸爸的叹息：唉，又是一晚。我趿着拖鞋赶到了书房，看到侧躺在地毯上的小兔子，父亲弯腰，用布裹住了小兔子放到了一边。没想到离开日照的小兔子突然一骨碌爬了起来，和我父亲大眼瞪小眼了一阵，似乎在叫嚣："干吗！我还没死呢！"

阿布就这样顽强地活了下来，慢慢地，连原本排斥带毛生物的妈妈也接受了阿布，这简直让我大跌眼镜。

那天，是一个艳阳天，我满头大汗地回家，一打开门，就看见妈妈手里捏着一个杏仁果，阿布站了起来，用前爪抓住了妈妈的膝盖，而妈妈亲切地问："是不是要吃果果呀？"

吃果果……我仔细回想了一下，好像从我懂事之后起，我妈妈就再也没有对我这么说过话。放下书包，走进家门，拉开冰箱，拿起一罐可乐灌下去后，听到我回家动静的阿布一跳一跳地赶过来抓着我的小腿，向我乞食，酥酥麻麻的感觉一路从小腿蔓延到了腰身，我连忙抖了抖腿，阿布就掉在了地板上。

"你干什么呀！被它抓一下又不会怎样！宝宝，我们去吃花生,不理她。"我妈妈急匆匆地跑过来,抱起阿布就走。

那一刻,我心里冒出了一种自己肯定不是亲生的疑问,这个疑问迅速地演化成了家庭地位的重新排序。

俗话说小孩子不能宠,这句话对于宠物来说,同样也成立。

家人对阿布肆意的纵容,让阿布产生了一种错觉,它坚持认为自己是个"人",而非一只兔子。在意识到这个现实之后,它开始了"平权运动"。

在吃饭的时候,坚持要求上桌吃饭,若是不理阿布,它就会用牙齿咬着它的碗,无比响亮地摔在地上;若还是置之不理,阿布会站起身,用前爪不停地挠膝盖。就这样,在最后的拉锯战中,阿布成功地争取到了自己的"权益"。于是,我们给它设置了一个专门的座位,让它和我们一样坐在"位置"上吃饭。

既然争取到了平等吃饭,那就要争取平等睡觉。白天的时候,阿布会躺在任何一处能被太阳照到的地方,四肢摊平,看着人类辛勤的劳动。每到夏天,它便会跳上我的床,侧躺在凉席上,面对着电风扇吹出的风,后脚交叠,斜着眼看着我扫地、拖地、擦家具,等我收拾妥当之后,它便会"懂事"地叼着它的碗到我面前表演"摔碗特技"。入夜时分,我会把阿布抱到它的垫子里,摸着它柔软的皮毛,看着它入睡后,才起身回自己的房间。然而突然有一天,我转过头睁开眼时,面对着我的不是熟悉的玩偶，而是一只微张着嘴的兔子头。我像弹簧一般跳了起来……自此以后，我便打响了"枕头保卫战"，可阿布总有办法跳到我的床上，钻进我的被窝，靠在我的胳膊里入睡。久而久之，作为人类的我，便放弃了抵抗。

阿布一天天长大，很快便长成了……成年兔，欺骗人类天然萌的外表退却之后，显露出来的是猥琐和狡猾，以及肥胖。

每次摸着阿布肚子上的几层肉，我都会叹息自己醒悟得太晚。我在很久之后才知道科学养兔的方法，可惜那时候阿布已经尝过了坚果的鲜美，拒绝无味的苜蓿草。宠物医生看看躺在检查台上的阿布，又看看我，皱起了眉头，长叹了一口气："你这兔子……"

那一刻，我感觉全身的血液都凝固了。阿布最近胃口差是因为积食，还是上次剪指甲的时候弄伤了，还是哪里骨折了我们不知道？

医生叹完气，说道："实在是太胖了啊！"

要你说！要你说！要你说！

内心的素质让我愣是把想说的话，憋了回去，脱口而出的却是："谢谢医生，我会注意给它减肥的。"

然而直到现在，阿布的体重依然在12斤左右的范围波动，甚至有越来越胖的趋势。不仅如此，它还喜欢啃东西，我所有的

爱丽丝和三月兔

数据线，所有的耳机线都没能幸免于难。尽管它是如此"祸害"我，我却依然没能舍弃它，毕竟兔子这种动物独立生存的能力几近于零，所以每次遛兔子的时候，我都不会距离阿布太远。

我看着在小区花园里玩耍的阿布，原本兴奋的它突然竖起了耳朵，一动不动，我四下里望了望，发现有一只橘色的猫站在墙角。阿布是兔子，对猫科动物有着本能的恐惧，它使劲地蹬着后脚，这是它在向异类发出警告。可是之后它就很"怂"地躲在了树荫里。

猫显然对阿布没多大兴趣，它眯着眼睛，慢悠悠地从我前面经过。就在这时，阿布冲了出来，受到惊吓的猫立刻炸开了全身的毛，跳到了一边，摆出了攻击的姿势。阿布在猫身边绕来绕去，既没有跑远也没有靠近，于是我向它走去，可是阿布却向远离我的方向拼命奔跑。我不禁有些没反应过来，愣了会儿神，才恍然大悟。

阿布，原来是想要保护我呀。

阿布，想要把猫引到远离我的地方。

在那一瞬间，我心里充满了感动。

我走了过去，抱起了瑟瑟发抖的阿布，把脸深深地埋进它松软的皮毛里。

"阿布，我没事了。阿布，我们回家。"

我把阿布抱在怀里，拖着它的臀部——那是让兔子能感受到的最安全的姿势。那天晚上，阿布照样跳上我的床，把肥胖的身子挤进了我的胳膊，就好像自己从来不是一只兔子般。

那晚，我做了一个很长的梦。梦里自己变成了爱丽丝，进入了一个全新的世界，而引导着我的，是一只直立行走的兔子。那只戴着帽子的兔子，一直引导着我向前走。或许从我遇到阿布的那天起，对于我来说，它就已经不是兔子了，而是一个引路人，引导着我如何温柔地对待这个世界。

> 夏眠：走走停停的旅行家，一半时间都在旅途。去过公主城堡，到过戈壁沙漠，看过六月镰仓海，见过极昼南极圈。一路走走，一路停停，一路记录着未知和美好。

养猫如爱你

——杨千紫

养猫如爱你

你的一生之中,一定遇见过这样一个人吧。每当你想起他的时候,内心就会充满温暖,会情不自禁地露出笑容。

可是那个人,什么时候才会出现呢?

出现了之后……又会不会再离开呢?

既然那个人还没有出现,那还是先养只猫吧。它们给自己所带来的温暖,不会比一个男朋友少呢。

01

遇见他的时候,她正好在读大三后半学期。

他似乎也不是太优秀的男生,只是时间刚刚好。

就连认识方式也是再普通不过的"朋友介绍"。

两人发了一阵子微信，渐渐熟了起来，才知道各自都很喜欢猫，但是都没条件养。于是乎，各种"云养猫"的微博就成了他们之间的共同话题。

在一个熬夜的凌晨，她换了两只猫的照片当头像。一分钟之后，他换了同样的头像。

他说那就是他们俩。

接下来，他就在过马路的时候很自然地牵起她的手，在吃饭的时候把汤让给她先喝……还会在她撒娇说走累的时候背她下楼梯。

后来他又说："我带你去见我妈妈吧。我想结婚了，我想有个家。"

她当时正在考研，每天背单词看专业书，身心疲惫，也对"有男朋友"这件事抱有向往和虚荣，两人顺理成章地进入热恋期。

女生在爱情中通常会越来越投入，而男生的想法就因人而异了。

他生日之前，她就想着送他一只猫。于是，她订了一只美国短毛猫，花了3500元。这对当时的她来说，也是很大的一笔钱。可是，他不是说想有个家吗？有猫的地方，会更像个家吧。

养猫如爱你

由于小猫还未满月,所以只是交了定金,并未接回家去。

她每天都在微信上看小猫的视频,期待着他们的小猫健康满月,期待着把小猫送到他面前时他惊喜幸福的神色。

"如果能养一只猫,你想叫它什么名字啊?"

"你决定吧。"

"小咪?"

"会不会太普通了?"

"那就叫小小咪吧。"

那一窝经过母乳喂养的小猫,终于满月了。

那一窝里有六只猫,前面几只都没有一见钟情的感觉,但在看见小小咪的时候,她几乎没有丝毫犹豫就抱回家了。

那时小小咪才一个多月大,很是好动,把它刚一放在车里,它就钻到自动挡前面的小空隙里,毛茸茸地蜷成一团。

她载它到宠物市场,买了猫粮、羊奶粉、猫砂盆和猫砂……瞒着他租了新房子,想给他一个惊喜。

把这些东西运上五楼,她一个人折腾了两趟……可是,当她把小小咪抱在怀里的时候,她觉得这一切都是值得的。

02

  当她满心欢喜地把小小咪抱到他面前的时候……

  他说:"你不是要考研吗?还养什么猫?真能瞎折腾。"

  她热腾腾的心,顷刻间就凉了一半。

  然后他又说:"租房子怎么不事先跟我说一声呢?家里不同意啊。"

  在一起的时候千难万险,可凉下来的时候,也就需要这么一两个失望的瞬间。

  最终,他回家住,她自己住在预备给他做惊喜的房子里。

  自此,两个人不断冷战,感觉已经到了分手边缘。

  那段时间,还好她有小小咪,那只雪团似的小肉球,捧在手里,仿佛所有的烦恼顷刻间消除了。

  恋爱还继续谈着,但好像热度降了些。

  直到有一天,小小咪丢了。

  小小咪是她亲手养大的,那种抓心挠肝的心情,竟然比两人冷战的痛苦大得多。想起刚接它回来之后的种种情景,心里暖烘烘的。可是现在,它不见了。

  那天,他来找她,坐了一会儿之后他就要走。于是,她就送他下楼。可能出去的时候门没关好,她回来发现小小咪已经不见了踪影。

她在小区里走了不下十圈,一边走一边喊它的名字,结果一点回音都没有。小区里有很多流浪猫,她一只一只地找过去,都没有小小咪。她慌了,只好给他打电话,让他回来。

他接到她的电话,三催四请才又回来。看见她却只是抱怨,你在我面前发傻也就算了,让别人看到,该以为你脑子有病了。

她和他大吵一架。到底是年少无知,什么旧账都能翻出来。

她说他不负责任,他说她任性妄为。

丢失心爱之物的那种绝望心情……真的太难受了。

她在心里想,为什么丢的不是这个可有可无的男朋友?

一手养大的小小咪,是那么的漂亮。无论被谁看见都会抱回家去的吧……

他说,别找了。是你的,到时候自然就会回来的。

她终于哭起来,整个晚上一直在哭。

他就在她身边,可是她一句话都不想对他说。无助的心情只好在朋友圈里哭诉,没想到一个养猫的同学的回复给了她希望。他说,千万别放弃,72小时内还是找猫的黄金时间。

03

按照同学的说法,她又展开了"地毯式"搜索。

虽然,此时天已经很晚了,男朋友也被他妈妈叫回家吃饭了。但她仍在家附近,在楼道里,一边找一边喊着小小咪。

终于,当她找到四楼两个单元之间的空地上时,在两个酸菜缸(北方人有冬天腌酸菜的习惯)的缝隙间,她看见了小小咪的脸。

它有些惊慌,但一看见主人,就"喵喵"地叫个不停。

一人一猫对视的那一刻,她差点哭出来。小小咪的小圆脸蹭脏了,沾了好大一块灰尘,她急忙把手伸进酸菜缸的缝隙里,轻轻地把它捧出来,顾不得先给它洗澡就紧紧抱在怀里。

原来失而复得的感觉,就像劫后余生。

她暗暗在心里承诺,以后一定不会再让它走丢了。

给小小咪洗了澡,喂了猫粮。她在微信上跟他说了分手。

"你怎么这么不懂事?"

原本也有一些不舍。但就是这一句话,让她更加觉得自己的决定是对的。

原本这只猫,是为了一个男生而买的。

可是如今，猫成了她人生的一部分，而那个男生却已经是陌生人。

04

小雪球似的小小咪很快长成了大雪球，而她也考上了研究生。平时课不多，她就一边读研一边在电视台实习。

猫是很独立的动物，平时她不在家，小小咪也没有被忽视的感觉。晚上一下班回家，小小咪就会围过来蹭她的腿，然后很快又跑开。她想找到猫，大多数时候喊是喊不出来的，只能用撒手锏——妙鲜包，把它引出来。

日子就这样一天天地过，工作和学业都很忙。春夏秋冬转眼又一年，陪着她的只有小小咪。

直到有一天小小咪忽然开始在地上打滚，叫声反常……她才后知后觉的认识到，小小咪已经长大了。

于是，她问了猫群里的猫友。有说给小小咪找个"男朋友"，也有说把它带到宠物医院去做绝育。

双方都有各自的道理，最后她还是听从了曾经在猫群聚会上有过一面之缘的名为"三丁目"的猫友的建议。

他说,他家有一只漂亮的银渐层,如果她愿意请他吃大餐的话,那他可以考虑借给她,给小小咪当几天"男朋友"。

她并没有立即答应他,只说考虑一下。

在经过深思熟虑后,她请他吃了一顿饭,成功地给小小咪找了一个漂亮的"男朋友"。

由于两只猫的关系,两个人渐渐熟络起来。彼此都小心翼翼地问起过去。他说,他曾有过难忘的初恋,在他还是青涩少年的时候。她说,她曾经很傻,可能恋爱中的人都是没有智商的吧。他说,现在的他已经不需要激烈的爱情,只想要一段平淡的感情。她说,感情对于现在的她而言,顺其自然就好……

其实,她心里想要的爱情很简单,普普通通、平平凡凡的人,但两人在一起却很温馨、幸福。不知是"三丁目"丰富的恋爱经验让他伪装得很好,还是他真有如此想法,她心里竟有了一丝幻想,可是一时又举棋不定。

05

有人说,当你遇到真正爱的人时,要努力争取和他相伴一生的机会,因为当他离去时,一切都来不及了。

可是每个人的一生,到底可以真爱几个人呢?是真爱真的就只有一次,还是我们只有一次相信真爱的机会?

刚开始,小小咪跟"三丁目"的猫一见面就打架。可没几天,两只猫就开始"秀恩爱"。或许,她应该勇敢一点,向"三丁目"走近一步。

于是,两只猫,两个人就这样在一起了。

不久,小小咪怀孕了,肚子日渐大了起来,她不知道该如何照顾"孕猫",就在网上查找各种资料。

"三丁目"对这件事也非常上心,一有空就去逛贴吧,给小小咪买补品。但是每次严格限制补品数量,怕把小小咪喂得太胖,容易难产。

后来,就在她工作攀升,跟"三丁目"的关系也日趋稳定的时候,他的前女友出现了。

前女友加了她的微信,对她说:"要不是当初出国,现在在他身边的肯定轮不到你。"

她不知道这事该不该跟"三丁目"讲，但她知道，既然喜欢了，就应该遵从自己的心。

06

一想到小小咪要当妈妈了，家里会出现很多小小小咪……她心里就会涌出一种甜蜜的幸福感。

猫咪怀胎的时间大概是56～71天。而现在，在这五月花开的时候，小小咪的预产期快到了。

……就在她忙前忙后，每天守着小小咪不敢动弹的时候，看到朋友圈里前女友与他的聊天记录截图。

前女友应该是故意发给自己看的。

……他背着她，跟前女友见过面了。

她没说什么，此时小小咪生产才是第一位。

预产期终于到了。那天小小咪特别反常，不停地大喘气，往她被窝里钻，还"喵喵"叫个不停。

那是她第一次给猫咪接生，可是她当时顾不得害怕，只能一边按照查找到的资料准备热水、毛巾、消毒水和剪刀，一边给

养猫如爱你

"三丁目"打电话。

小小咪呼吸越发起伏,她抱它去事先准备好的猫窝,可是它怎么都不肯,又跳回到她床上。

"三丁目"接了电话,说自己很快就回来。挂了电话,她还没来得及把尿不湿铺满床,小小咪就开始流血了……

第一胎很快露出了头,小小咪看起来很辛苦,她用酒精棉擦了手,上手帮它接生。

在经过长时间的生产后,小猫们终于平安落地。刚出生的小猫,都闭着眼睛,只有一层稀疏的胎毛,像小老鼠一样。

她累得满头大汗的时候,"三丁目"回来了。她莫名就想起了前男友。

她问,你跟你前女友见过面吗?

他一怔,随即答到,没有啊。早就不联系了。

她没有接话,他也没有问原因,两人一时间沉默下来。

好在这时,一个一起读研的同学的电话打破了沉默。原来,她已经结婚了,但双方都同意不办婚礼,只是邀请好友吃顿饭,算是见证他们的幸福。

在出租车上,她不说话,机械地翻着那个同学的朋友圈。

"一直以来睡眠都很好,可是昨晚却失眠了。凌晨两点二十六分,仍无困意。想给强哥打个电话,又担心吵到他休息。

强哥有两个手机，一个是工作的，单位要求24小时开机；一个是专门联系我的，我要求每晚睡时准时关机。我们约好了，如果有事就打单位那个电话。

"一个人醒着真的是件很折磨人的事。百无聊赖，我还是决定给强哥打个电话。虽然听到的可能是关机提醒，但心里至少有些安慰。电话刚拨过去，竟然是开机状态。还没来得及挂掉，就听见强哥的声音。

'睡不着啊？'

'你怎么没关机？'

'我知道你今晚会打电话过来呀！'

'单位那个手机不是已经开着吗？'

'知道你会打这个的。'

"如果不是失眠打这一电话，我会一直认为强哥联系我的手机从来都是关机的。

"我也不会明白，每一个我熟睡和失眠的夜晚，强哥都没有睡踏实。感谢上天让我遇见他。"

不愧是学中文的女研究生，竟然在朋友圈里写论文。"三丁目"察觉到她的情绪变动，凑过头来没话找话。

她看着他的侧脸，最后还是把他前女友的事压了下去。

很多时候，成长可能就是在看透了人生中的遗憾与不完美之后，依然能够抱有希望。

07

小小咪一连生了六只小猫：三只公猫，三只母猫，毛色很浅，品相很是不错。

她刚把猫咪的照片发到朋友圈，就有人来预定。她虽然舍不得，但毕竟七只猫，有点忙不过来了。于是，她按照当时的市场价给了报价：公猫3500元，母猫4000元。她想，肯花钱买猫的人，条件一般都不会差，而且肯定是爱猫之人，把小猫交到这样的人手里自己也放心。

看着刚出生的小猫们一点点长大，心里真是说不出的高兴。

而在此时，她也迎来了事业上的高峰——她的一部小说被一家影视公司看中，想要改编成电视剧，约她去北京谈合同。

她离梦想更近了一步。她跟"三丁目"说："多年前，有个闺蜜曾经问我：'你希不希望你的小说改编成电视剧？'我当时觉得简直是天方夜谭，可是现在真的可以改编了。我很高兴我一直没有放弃写作，一直在努力做梦。"

她戳了戳"三丁目"的手臂,问:"你会一直陪着我吗?"

他没说话,只是一下一下地摸着小小咪的毛。

良久,"三丁目"抬起头,说道:"好,我陪你去北京。"

08

把小猫们托付给"三丁目"的父母后,他们就踏上了开往北京的列车。

在火车上,她忍不住给他讲改编这件事的来龙去脉。

"不久前,我打开微博,发现有个人给我发了私信,问我第一本书的影视版权还在不在。我回答她,但没太往心里去。

"当时给我发私信的人,就是一会儿要去见的制片人了。原本她是对我的另一本书感兴趣,可是,当她看了我其他书时,又把注意力转移到现在要签的这本书上了。

"原本还有一家香港的公司通过微博也找了我,但我权衡了一下,还是觉得把书交给北京的公司会更好一些。你说是不是?"

没有答复,转过头一看,"三丁目"已经睡着了。他确确实实是她的猫友，他对她的事业发展完全不感兴趣。

谈合同的时候，"三丁目"没有参与，只是在外面等她。最后合作方说一起吃顿饭，他才不情愿应了下来，可是全程板着脸。

她对他的失望，不知不觉就装满了心房。可能，他也对她失望吧。

小猫们长到两个月的时候，基本上就可以离开猫妈妈了。之前预定小猫的人纷纷把属于各自的小猫接走了。她怕小猫全走了，小小咪会伤心难过，于是特意留下了一只小母猫，给它取名"善美"。

当她拥有两只猫的时候，"三丁目"提出了分手。

他说："你的工作越来越忙，越来越忽视我。我跟不上你的脚步，也不想跟。所以，我们分手吧。"

她左手抱着小小咪，右手抱着小善美，可谓是左拥右抱，但她却哭了。

原来这段感情，躲得过前女友的挑衅，却躲不过事业发展上的差距。

现在，她又是一个人了，还好她还有两只不会离她而去的猫。

09

对于失恋的人来说,旅行可能是最好的疗伤方式。

在她心中,最佳的旅行之地无疑是马尔代夫。

在她的记忆里,马尔代夫就是《麦兜故事》中,麦兜说的话:"我想要去马尔代夫,那里蓝天绿树,椰林碧影,水清沙白,是南太平洋上的世外桃源……"

她决定下来之后,把父母从老家接了过来,让他们照顾小小咪和小善美。

然后,她一个人踏上了去马尔代夫的旅途。

然而,就是这次旅行,让她遇到了第三只猫和第三个男朋友。

也许,一切都是冥冥中早就安排好的吧!

在马尔代夫中国游客大都会选择两个地方——沙屋和水屋。

她自然也不例外。先找了一个沙屋,一进屋里,就扑到了床上,一股属于鸡蛋花的清香优雅立即沁入心脾。

当岛上的工作人员离开后,她走到落地窗前,看着明媚的阳光和美丽的风景,不禁心情大好。

沙屋后边有个小院子,院子里有个小小的游泳池,由于不远处就是海,所以没什么人在游泳池里游泳。但是这样一汪池水放在这里,让人莫名觉得心情大好。

沿着小游泳池往前走,通过一条树木掩映的小路,就会看到蓝天白云下的大海。她正要走向大海,就被一只悠悠哉哉的大白猫吸引了目光。

"这是谁的猫?"

说完,她走过去抱起了大白猫。

"晚上好,这是我的猫。"来人是韩国人,因为他说的英语带有"韩味",听起来有点蹩脚。

两人打过招呼后,她知道了他有健身的习惯,服过兵役。最重要的是,他也喜欢猫。

这下,两个人就像相见恨晚的知己,很快就熟络起来。

不仅如此,她和他还跑到潜水中心借了一套潜水用品,跑到浅海区浮潜。

其实,她不会浮潜,只是跟着凑热闹,但是他会,还给她讲解起来。

"浮潜很简单的,利用面镜、呼吸管和脚蹼这三个浮潜装备就可以进行浮潜。说白了就是穿着救生衣在水上漂着,戴着面镜往水下看,再有就是咬着呼吸管保持呼吸。"

他为了让她听懂自己说的韩语,特意用翻译软件将韩语转成中文。

她为了感谢他教自己浮潜,说要给大白买猫罐头。

就这样,两个人去了浅海区浮潜。直到两人玩得没有了力气,瘫在海滩上才结束了一天的快乐时光。

那天,是她这段日子以来,最开心的一天。

两天后,他们一起搬到了水屋,这才知道跟沙屋比起来,水屋才是真正的浮潜圣地。

水屋顾名思义就是建在水面上的房屋,因此可以延展到大海深处。从水屋的木梯上下去,不远处就是一片珊瑚丛,里面有成群结队的小鱼和不知名的海底生物穿梭其中。

那天晚上她在水屋里看星星,他抱着大白过来找她。

"我要去中国。"他说,"半年的时间,你试试当我女朋友,好吗?"

大白是一只喜欢大海的猫,它眯起眼睛,趴在月光下听着海浪声。

她想自己家的小小咪和小善美了……这次,还会无疾而终吗?

在考虑过后,她最终还是选择重蹈覆辙。

养猫如爱你

10

在马尔代夫的旅程还有最后两天的时候,她跟他成了情侣。

他送了她一组名为"岛上的朋友"的照片,是岛上各种动物的组图。

她看着这组图,心里百感交集。她知道这是他一张一张拍来送给自己的。

"我知道你喜欢小动物,所以我拍了这组'岛上的朋友';我知道你喜欢猫,所以我派大白替我送戒指。说出来,你可能不信,但我就是对你一见钟情了,做我女朋友吧。如果半年后我们没有分手,我们就订婚。好不好?"

五天四晚的旅行一眨眼就过去了,像是做了一场不真实的梦。可是,那耀眼的阳光与碧海云天告诉她,这一切都是真实的。

就在这短短的几天,她收获了一个新男友。当然,还有他的猫。

青春无法重来,但不管时光飞逝得多快,不管岁月多么无情,我相信,每个人对爱情都是充满了期待。

11

回到家的时候,一切都没有变。她的两只猫看见她跑过来蹭了蹭,仿佛是在欢迎她回家。日子还是像往常一样过,父母劝不住,已回了老家。

每天早晨,她将醒未醒的时候,都会感觉到一团毛球顶在自己手上,随后就会响起"喵喵"的叫声。睁开眼睛,看见善美又胖又圆的小脸,认命地爬起来去帮它拿妙鲜包……

喂完它后,有时她会抱着善美睡个回笼觉。

他也跟着她回来了。每到此时,他总会抱怨她对他脾气暴躁,点火就着,可是对待猫咪却怎么都不会生气。就连打扰了她的好觉,以及跑到她枕头上撒尿这种"严重"的事情都可以心平气和。

他竟然吃猫咪的醋,她本想哄哄他。

可就在此时,他的大白竟然跟善美坠入爱河,还让善美怀孕了。

她责怪他没有给大白做绝育,说善美还小;他抱怨她没有看好善美。两个人就这样冷战了整整一个月。

可能,有些事早就在开头安排好了结局。

善美已经怀孕了，还能怎么办呢？

时间很快就流逝了。转眼，善美已到了生产期。

然而，没想到的是，善美竟然难产，她把它送到宠物医院的时候已经来不及了。

失去的心情，只有经历过失去的人才懂。

自己的伤痛，别人无法分担。

她很自责，认为是自己的疏忽害死了善美。

她跟他说了分手，在她心里她和他都是不可原谅的。

如果他们从未相识，善美就不会死了。

他哀求几次无果，最终也心灰意冷，不辞而别回了韩国。

12

时间不会因为某个的人伤心，就停止，毕竟日子还是要过下去的。

她的小说已经翻拍，另一本小说也卖了版权，所以在很长一段时间可以不用工作。于是，她就决定给自己放个假。

她还是会想起他，想起他们在马尔代夫的时光。

很多时候，也不一定要喜欢一个人，或者一定要有男朋友。

当她在外面奔波一天，回到家打开门，看见猫咪竖着尾巴来迎接她，蹭她的腿，她就会把一天的风尘仆仆都跑到脑后。

当她写稿的时候，小小咪经常会趴在主机箱上，等她一碰鼠标，它就会从电脑桌里面伸出小爪，歪着脑袋来挠她的手。

这个时候，它比什么咖啡都管用，她拍拍它的头，瞬间就又觉得自己元气十足了。

猫就是这样的动物，无论你身在何处，只要一想到它们，就会觉得很温暖。

它们丰富了"家"的含义，是最好的朋友、最甜蜜的负担。

13

她终于转型成了编剧，有了第一部作品。

在经过很多事后，她明白了一个道理，真正的成长，也许就是在受伤之后依然会选择相信，明天会比今天更好，要懂得平静自己的内心。

时间，让深的东西越来越深，让浅的东西越来越浅。凡事

养猫如爱你

看得淡一点,伤得就会少一点。时间过了,爱情淡了,也就会散了。

养猫如爱你。只要我的猫在,我就永远不会孤单。

> 杨千紫:"80后"当红古风作家,北京作家协会成员,《美人香》编剧。其文风空灵若水,很受青年人的喜爱。
>
> 其作品常于《花火》《男生女生》《飞魔幻》《飞言情》等各大畅销青春杂志刊载。已出版《冬至之雪》《时光倒流的童话》《四月樱花》《时光旅馆》《兰陵皇妃》等多部畅销作品。其中《兰陵皇妃》已改编为电视剧《兰陵王妃》。

猫、狗、太后和我

——风魂

🐾 猫、狗、太后和我

01

　　我家的狗，大名叫甄小黑，小名叫阿蠢，今年六岁，是我从朋友家抱回来的。

　　朋友家的母狗，据朋友说，好像是只腊肠串公狗……

　　起初，把小黑从朋友家抱回来的时候，并不想给它起个小名，毕竟它奶狗期时，巴掌大的小身体，圆乎乎的小脑袋，又黑又亮的大眼睛，很是可爱。

　　有一天，我给了它一个狗咬胶磨牙，发现它并不会用爪子按住咬，而是整个趴在地上咬，狗咬胶移动一下，它整个身体就跟着移动一下。

　　我跟我妈目瞪口呆地看着它就那样拱着狗咬胶穿过整个客厅，一直到狗咬胶被抵在了墙上，才算停下来。

　　我感到很意外，如何吃东西，这不是动物的天赋技能吗？小黑怎么会这样呢？

　　抱着"它还小"的想法，我把它的爪子抬起，按在狗咬胶上，试图教它，但并没有什么用。它依然每次都坚持不用爪，骨头也好，狗咬胶也好，玩具也好，总是要历经千辛万苦，一直到它们卡在什么地方，小黑才能好好地吃或玩……那蠢样，真是让人叹为观止。

我妈一脸嫌弃地说，这么蠢，还回去算了。

虽然经过我据理力争，把小黑留了下来，但"阿蠢"这个小名，也跟着留了下来。

自此，我们叫它阿蠢。

可能阿蠢也觉得自己蠢，所以它总表现出一种悍勇，让自己的战斗力看起来很强。事实上，它的战斗力还真不容小觑，简直是"打遍小区无敌手"。后来，因为每天跟着我妈到环山路散步，阿蠢竟把整条散步道上的狗打服了。

我妈很是得意，跟我说就算阿蠢遇上大狗，它都能打赢。

我问我妈什么样的狗算是大狗？

我妈竟然说，像金毛萨摩和哈士奇那样的就算。

这都不是能打的狗好吗？

但是，阿蠢碰上黑背大丹之类的猛犬，也有没认输过，虽然没有打赢。

可不管怎么说，我家阿蠢的"名声"也算是建立起来了，在我们这附近，算是"狗中一霸"。

🐾 猫、狗、太后和我

有一阵,住我们楼上那家的小孩,不知怎么得了个哨子,不分白天黑夜地吹着玩。那声音无比尖锐,具有很强的穿透力,惹得邻里不得安宁。

邻居上门去协商,被"谁家小孩不玩点玩具"之类的话堵了回来。就连跟物业投诉都没有起作用。

没办法,大家只有自认倒霉了,只盼着那孩子早点玩腻了。

结果有一天,那孩子一吹哨子,陌生人上门都不怎么爱叫的阿蠢突然就叫了。而且还不是像平常那样叫,反而是像狼那像仰着脖子嚎。

一只京巴那么大的小串串,学狼叫的样子,其实也是有点可笑的。

但我家阿蠢那么一叫,附近的狗都跟着叫起来。

那孩子不吹哨子,阿蠢就停了。一吹哨,阿蠢再继续叫。如此反复。

这么闹了两天,楼上的家长受不了了,就把那些带响的玩具全都扔了。

全楼再次得到了安宁。

邻居说,这也算以暴制暴了。

我不知道要怎样回答,只好回了邻居一个尴尬而不失礼貌的微笑。

后来,邻居还奖励了我家阿蠢一根火腿肠,可它傲娇地看了一眼,没要。

邻居见状,笑着说:"你们家狗训练得挺好啊,还不接陌生人的东西。"

我只能继续微笑。

02

我妈对阿蠢吧,是三分喜欢,七分嫌弃。

她对宠物虽然不排斥,但也就那么回事,给碗饭吃别饿死、给弄个窝别冻死就成。

所以,她很看不上我给阿蠢买狗粮、买玩具等,更不用说修毛护理了。当然,她在的时候,阿蠢也别想亲亲抱抱、上沙发上床了。

可是阿蠢很喜欢我妈,原因是我妈能够带它去外面。

而我又宅又懒,每天活动的范围也只有小区附近,我妈散步的距离就远了,有时还会上山。

所以阿蠢每次见到我妈,别提有多撒欢了,一个劲地往我妈

猫、狗、太后和我

身上凑。

但我妈坚决不会抱阿蠢，也不让它往身上扑，它就小心翼翼地缩在我妈脚边，眨巴着眼睛，不敢有任何大动作，只有小尾巴摇得欢快。

传说中的狗腿……简直没眼看，连给它肉吃都叫不回来。

由此可见，阿蠢最喜欢的事情就是出门。

然后是吃。

最后才是我。

作为主人，我有点挫败。

可是又有什么办法呢？

它就是一条向往自由、行动如风的狗啊。跟我妈上了山，绳子一解，那就是一条脱缰野狗，有时还能给你叼老鼠回来。

是的，阿蠢还很热衷于抓老鼠。

我家自从养了它，就没有了老鼠的踪迹。于是，它把目光转移到了它战斗过的地方，比如小区内外，垃圾站，下水道……咬死的老鼠都超过两位数了。

你说你咬死就咬死了吧，还跟别人家的猫似的，非把咬死的老鼠叼到你面前，你还得夸它，不然不松口。

看着眼前的阿蠢——从下水道钻出来，沾满了浑身恶臭的污泥，叼着一只咬死的老鼠，还得意欢快地摇着尾巴……

那一刻，我真心想把它还回去。

但我妈对阿蠢这种狗拿耗子多管闲事的行为一直给予支持和鼓励。她觉得非常有面子，常常出去炫耀"我家狗会抓老鼠呢"。

对此，我也只能露出尴尬而不失礼貌的微笑。

仔细想想，我觉得我们娘俩在对待宠物的态度上，就像两代人教育小孩不同的方式一样，没有办法协调，以至于阿蠢有时候也会无所适从，常常一脸茫然，不知所云。

……越发显蠢。

03

那只猫吧，来到我家完全是个意外。

它是我表弟下乡演出时带回来的。

据说，那家的大猫不知道是因为第一胎没经验，还是被什么惊扰了，根本不喂小猫吃奶。主人没时间，也没耐性去管，一窝小猫已经饿死了两只。

所以，我表弟就抱了一只回来。结果他爸妈不让养，他就给

猫、狗、太后和我

送我家来了。

刚送来的时候，小猫才半个手掌大，眼看着就剩一口气了。

当时我都以为养不活，就想着试一试。

于是，就给它充了点猫奶粉，用小注射器隔一会儿喂一点点给它。

阿蠢凑过来闻了闻这个不会动也不怎么出声的小东西，并没有表现出激烈的情绪。

我估计它是觉得小猫太弱了，没把它放在眼里。

果然，阿蠢转向了猫奶粉，并表现出了强烈的兴趣。

于是，小猫每次剩下的猫奶粉全便宜阿蠢了。它每次舔完猫奶粉后，还会顺便舔舔小猫，虽然可能是顺着奶香味去舔的，但不得不说，场面那是相当的温馨。

但是，好景不长。

小猫经过小心地养了几天后，竟挺了过来，还会自己吃东西了。

这样一来，小猫长得就很快，而且变得越来越活泼。

每天在家里上蹿下跳，好像就没有它不去的地方。就连狗窝它都要去翻一翻，顺便还打翻了阿蠢的食盆。可能小猫知道自己闯了祸，想要逃离"案发现场"。

阿蠢见此，跳起来就追。

那个时候的小猫比老鼠也大不了多少，它都来不及跳上桌子，就被阿蠢一爪按住——这个时候，它倒是会用爪子了。

我吓得不行，赶紧阻止，从狗爪下把小猫救出来。

好在阿蠢也没像逮老鼠那么用劲，检查了一下小猫并没有受伤。

我以为小猫吃此一堑，应该会老实一点。

可是，它不但没有老实，而且自行开发了"戏精"天赋。

招惹完阿蠢之后，立刻就发出几欲濒死的那种惨叫。

当我气冲冲地把阿蠢关到天井小屋时，就看到小猫跳着小踮步在玩阿蠢的骨头玩具。

你们这是要闹哪样？萌宠版"宫心计"吗？

顿时，我觉得被关起来委屈兮兮的阿蠢实在可怜，但小猫这么容易"闯祸"，很难保证它不会再去招惹阿蠢，被阿蠢一口咬死。

毕竟阿蠢咬死过那么多老鼠的情景还历历在目。

我只好给我妈打电话，问她有个猫，要不要养？

我妈说，正好家里闹老鼠，她还打算过两天把阿蠢接过去住一阵。

我跟我妈虽在同一个城市，但没有住在一起，距离也不算远，二十分钟车程左右。

猫、狗、太后和我

于是,我就把小猫和它的所有东西全都打包给我妈送去了。

我把东西一样样摆出来,告诉我妈这是猫厕所、猫砂、猫抓板、逗猫棒、猫爬架……我妈依然像当初看我给阿蠢买玩具时一样,一脸的嫌弃,"一只猫还要怎样?要上天啊?"

就在这时,活泼过头的小猫从箱子里跳了出来,顺着我妈的裤腿,一溜儿就爬到了她肩膀上。

我心中大叫不好。

毕竟我家阿蠢要是敢扑我妈的腿,就是要挨揍的。

我正准备替小猫说说好话,却见我妈挠着小猫的下巴,还学猫"喵喵"叫了几声。

这简直让我大跌眼镜,可是不知为何,突然一种不祥的预感冒了出来。

这一预感很快就变成了现实。

04

小猫就像宫斗小说里的女主一样,迅速上位。

我妈是一个对新事物接受很慢的人。尤其是电子设备,她至今为止，都不会用银行的自动取款机。

她的手机也只是用来打电话，短信都不用。

后来我给她装了微信，教了很久，我妈才开始用。但也就只限于发语音和转发各种中老年养生的鸡汤文。

可是在我把小猫送过去之后，我妈一个星期之内竟然学会了用手机拍照，发照片，发视频。

朋友圈从零开始到刷屏，全都是小猫。从模糊到清晰，甚至后来还会用美颜和滤镜了。

真是苦教三年，不如一朝有猫啊。

纵观我妈的朋友圈，打牌时小猫在腿上，看电视时小猫在肚子上，扫地时小猫在肩上……我估计她已经不记得"一只猫还要怎么样？要上天啊"之类的话了。

再看看阿蠢……唉，不提也罢。

有一次我给小猫买了一箱猫零食送去我妈那儿，可到了晚上就接到我妈的电话，说小猫自己钻到箱子里面，把所有的包装袋都咬破了，吃得乱七八糟。

我问："小猫有没有吃坏肚子？"

我妈说："应该没有。"

我说："那你训教它一顿，以后把这些东西都收好……"

我话还没说完就被我妈打断了，她很不高兴地说："我打电话来又不是跟你告状的，再说训教它干吗。"

"那你给我打电话干吗？"

我妈说："小猫很喜欢吃猫零食，再买一箱。"

后来到了夏天，我妈有次把小猎拎到我家，说家里驱蚊，怕薰着它，先在我这放一两天。

这时，小猫已经长得颇大了，对这个自己曾待过的地方并没有多少陌生感。它进门巡视了一圈，就占领了阿蠢的饭碗。

阿蠢"汪"的一声就冲过去了，小猫跳起来沿着桌子爬上窗帘……顿时场面混乱起来。

就在我想辙要怎么把它们隔离开的时候，它们竟又窝在一起互相舔毛了。

……不是很理解你们动物之间的爱恨情仇。

不管怎样，一猫一狗终于可以和平相处了，我也可以放心睡觉了。

可到了半夜十二点多，一个电话就把我叫起来了。

"我来接猫了。"

"不知道为什么睡不着，好像少了点什么。"

对于我妈这一扰人清梦的行为，我还能说什么？

我想，我妈大概就是传说中的"五行缺猫"吧。

其实，我一直觉得养宠物这种事，是要讲缘分的。

也许，就是那一眼，就注定了你和它的缘分。

就好像我在一窝小奶狗里抱起了阿蠢，就好像小猫第一次爬上我妈的肩头。

陪它们玩耍，给它们喂食，哪怕是焦头烂额地收拾它们弄出来的烂摊子，甚至被打落到家庭生物链的最底端……只要被那样温柔信赖的眼神看着，我想，任谁都会心甘情愿地把"铲屎官"这顶帽子戴到底吧。

> 风魂：原名彭雨雁，是一名内心富足、外表娴静的作者。作品涉及科幻奇幻、青春校园、悬疑武侠、轻小说等多个领域，其笔下的文字细腻流畅，贴近心灵，富有生动的临场画面感。在《小说绘》《小说馆》《花火》等多家杂志发文连载，已出版作品《无字拼图》《白夜灵异事件簿》等。

生命中应当承受的轻微

—— 高瑞沣

生命中应当承受的轻微

01

我很喜欢狗,却从未养过狗。即使在小时候养过很多动物,诸如波斯猫、龙猫、乌龟、荷兰猪、珍珠熊、长毛兔、金鱼、寄居蟹、蜗牛和鹦鹉,也从来没有养过狗。

究其原因,主要是我老妈很迷信地告诉我,狗在五行中属于土,而我是金命,所以为了避免我这块闪闪发亮的金子被尘土埋没,我这辈子基本要跟狗绝缘。

我哭泣过,反抗过,但终究于事无补,只能徒留遗憾。

随着时间的消逝,这种遗憾逐渐变为感叹,无时无刻不呈现在我生命的每一个阶段。

工作以后,我发现我喜欢在QQ的编辑群里时不时地发一些感叹:"我喜欢雪拉瑞,喜欢阿拉斯加,喜欢哈士奇,喜欢拉布拉多,喜欢萨摩耶……"

可是,大多数时候还没感叹完,群里的头像就会一个个很活跃地冒出来。大致浏览一下,内容无非就是"那些都好贵啊,你还不如把钱给我，改成养我吧""买来送我，我给你发狗狗的照片"……

什么乱七八糟的，看着这些内容，我使劲地翻了翻自己的眼皮，默默地关掉了聊天窗口。

要说起，我跟Nike的相知，相遇，再到最后相处在一起，其实是缘于一个意外。

02

某日，我工作加班到深夜，才往家走。街道上的行人寥寥无几，一阵冷风吹来，不禁让我打了一个哆嗦。

虽然，附近有治安人员巡逻，但我心里还是有点发怵，嘴里喊着"天灵灵，地灵灵，太上老君快显灵"。

你要知道，像我这样一个如花似玉的男子，也是有被劫财劫色的可能性的，而且这个可能性还相当大。所以，当感觉到身后有什么东西跟着我的时候，我第一时间亮出了我的4S，想要借助它的光亮威慑一下恶徒，再赶紧报警。

出乎意料地，转身向后看去，除了空气，就是它——我家后来的小弟，狗狗Nike。当时，它蹲在离我三四米远的地方，目不转睛地盯着我。

我走了过去，它并没有叫唤，老实地待在原地，一副"乖宝宝"的模样。我蹲下身子，摸了摸它的脑袋，它出奇的乖，甚至还把前爪伸向了我，仿佛要跟我握手。我一时没有反应过来，直到它发出了"哼哼"的声音，我才握住它的前爪。

就这样，我鬼使神差地把它带回了家。

缘分，真是一个奇怪的东西。

过去，老妈千方百计阻止我养狗。现在，兜兜转转还是跟狗有了不解之缘。

在把Nike带回家后，我发现它身上大大小小的伤口居然有十多个，还有几个伤口在冒血，腿也是一瘸一拐的。因为天气热，有些伤口已经化脓溃烂，只好暂时先用家里的无极膏处理一下。

第二天，我带它去了宠物医院。医生先给它处理了伤口，然后又洗了澡，最后做体检、打疫苗。

在检查过程中，Nike都很老实地趴在桌子上，但它的眼睛一直盯着我，生怕我会走掉似的。事实证明，它是真的怕我走掉。中途我出去接了个电话，Nike就不安分地从桌子上跳下来，追着我出来。看着它拖着后腿，一瘸一拐的狼狈样，我心底居然泛起一些小小的欢喜，原来有这么一个小生命这么依赖自己，会是如此的幸福。

"这个狗是纯种的泰迪,是富贵狗。一般这种富贵狗是需要经常打理和美容的,还要经常让专业人士剪毛、剪指甲。另外,还得定时送到宠物医院体检。"医生说完,瞥了一下我。我知道他的意思是我花的医药费是很值得的。

我听着医生的话,只是下意识地点点头,摸了摸Nike脖子上的毛。我才不管什么泰迪,什么值钱,我只知道它是一个生命,是和我们平等的生命。

医生看了看我,问道:"药是要进口的还是国产的?"

"国产的吧,只要对症下药就行。"我轻轻拍了拍Nike的头,示意它不要怕,我会陪着它。

Nike好像懂我的意思,在接下来的一系列检查中,都表现得很乖。

03

我养宠物的消息在办公室不胫而走,由此引来了众人的一阵唏嘘。和我在工作战线上奋战了三年的编辑李曼,更是像看怪物

生命中应当承受的轻微

一样,从头到脚地打量着我。

"高瑞沣,是什么让你这么个连自己都没养好的人,竟然有勇气去养狗?"

"当然是我们命中注定的缘分喽。"我高昂着头,有些骄傲地对她说。

李曼叹了口气,转身过去,手指在键盘上敲了几下,又回过头来,对我说:"那小狗跟了你一定会很可怜!"

"胡说八道,你这简直就是诽谤!"我企图用大嗓门来掩饰我的心虚。因为,我的确是李曼说的那种连自己都养不好的人。我可以一个季度不洗衣服,三个月不洗袜子,一年多不用刷鞋子……

我回到自己的电脑前,听到李曼咳嗽了一下,随即她的QQ消息发了过来:"我想知道,晚上你们家Nike,吃什么?"

"我吃什么,它就吃什么呗!"

李曼回复得很是犀利:"你吃的,不外乎就是地沟油外加垃圾食品……"

"那又怎么样?"我对着电脑屏幕翻了一个白眼。

李曼可能是对我已经无语了,发过来一堆表情包就下线了。

虽然,我经常吃李曼口中的垃圾食品,但对于Nike的饮食,我从来都是很精细的。

每天早上我都会被它比闹钟还准时的舌头舔醒。一开始，我起不来，Nike就用脑袋蹭我的下巴，直到蹭得我没法睡才罢休。而我也只能认命地起床给它捣鼓早餐——给它煮个鸡蛋、温热牛奶。

慢慢地，吃早餐也变成我自己的固定习惯。

顺便说一句，不知是什么原因，Nike作为一只狗竟然不吃狗粮，这让我很是诧异。但是，有什么办法呢？我只能默默地选择妥协。

更奇怪的是，Nike除了不吃狗粮外，其他食物都不挑。

比如，有一次我开了鱼罐头给它吃，它很是兴奋。看着它那个样子，我突然有种错觉，觉得Nike上辈子可能是只猫。

我在路边摊买的蚕豆，喂给它吃，它竟也吃得津津有味。甚至在我吃泡面时，给它榨菜，它也吃得很开心。

就这样一个月过去了，Nike在什么都吃的情况下，除了几处比较深的伤口外，其他伤恢复得很好。当然，连着一个多月给它上药，隔天或隔两三天给它全身清洗的我，自然是功不可没。

又过了一个月，Nike基本痊愈了，可伤口旁边还有一个肿块，后来这个肿块又发作了两次，直到四个月后才彻底痊愈。

此时的Nike不再像刚来到家的时候那么矜持了。它会在我回家的时候，出来迎我；在我偶尔出去散步的时候，跑到我前面，还时不时回头看看我；在我夜晚写作的时候，乖乖趴在我脚旁睡觉……

总之，我和Nike相处得越来越和谐。

04

不知道Nike是不是因为之前的经历，它特别喜欢黏着我，这就会导致我不小心踩到它。比如，有一次我从厨房出来，就不小心踩到了它的前爪，吓得我赶紧检查有没有踩伤它。可即使这样，它还是依然黏人。

我有时候会因为心烦，觉得闷得慌，然后把家里的门都打开，Nike就会自己出去玩。但活动的范围就在楼道里，而且它玩一会儿都会自己回来，所以我也就任由它出去。可是有一次，我写作都快到凌晨了，Nike还没有回来，我这才想起来，它好像被我"扫地出门"了。

我打开门，就看见它在楼道里，追着自己的尾巴转圈圈。我轻轻地唤了一声，Nike立刻停下，欢快地跑向我，不停地蹭我的腿。我抱起它，它舔了舔我的下巴，那一瞬间，我心里温暖极了。

虽然在外地工作多年,但能在这个城市找到一份温暖,是极其幸运的一件事。我很庆幸我能拥有这份温暖。

有时候,我会莫名其妙地担心,担心Nike会离我而去。如果真的有那么一天,我不知道自己会怎样,但我清楚的是,我不会放弃寻找它的希望。或许,我会去贴寻狗启事;或许,我会在网上求助……假如,一切都未果,我会把它的离去,当成是一种海阔天空的善意成全。

05

有这么一件事,让我意识到,生命中总有一些东西是需要我们承受的。

有一次,我带着Nike在小区门口溜达,亲眼看到了一只小狗被车子撞到。那时,我很惊恐,下意识就要去抱Nike,但它却往事故中心点跑去,我喊都喊不回来,只能立刻追上去。我看到它努力想要把那只受伤的小狗拖到路边,可是换了几个角度都没有成功,急得围着那只小狗打转。当时,我的心里有说不出的酸涩。

生命中应当承受的轻微

我抱起受伤的小狗，不顾周围人诧异的眼光，往家走。我知道这只受伤的小狗活不了了，但看着Nike的眼神，我无法拒绝。

回到家后，我脱下身上的T恤，把它放在上面，Nike不停地在我和那只小狗身边转悠，我知道它是想让我救小狗，但我无能为力。

我轻轻摸摸它的脑袋，说道："救不活了，我们送它走，好不好？"

Nike像是听懂了我的话，突然安静了下来。它趴在小狗旁边一动不动，而我能做的就是陪着它。

Nike在这件事以后，变得沉静了很多，它更喜欢在我的脚边睡觉了，也变得更懒了，黏我黏得更紧了。我知道，它是没有安全感，所以，现在的我，会准时回家，会带它到小区散步，会给它做好吃的。我这样的变化，自然是没能逃过公司的人的眼睛，就连李曼也很是惊讶，她说，她没想到我会真的因为一只狗，发生这么大的变化。

其实，我想说的是，只要我们认为自己做的事是值得的，那就不要在乎是动物还是其他，只要去做就行了。

可能动物的生命，在有些人看来是很轻微的，但对于我来说，Nike的到来使我的生活变得更加有意义，这无关乎任何其他的东西。

高瑞沣：四川省作家协会会员、畅销书作家、主持人，电影杂志《影迷》《星月move》主编。

其已出版的作品有《5CM微蓝》《爱你，是最灿烂的遗忘》《世界上总有那么一个人在爱你》《原谅我，来不及爱你》《你的善良，请小心轻放》等。

因为牵绊，所以坚强

——李李翔

🐾 | 因为牵绊，所以坚强

01

当风吹在脸上开始觉得柔和，当雨又淅淅沥沥连绵不绝的时候，这就预示着南方的春天到了。而春天，正是动物们开始进入发情的季节，也是猫猫狗狗最容易走丢的时候。我家的狗就是去年春天捡到的。

捡到它时的情景还历历在目，日期记得清清楚楚——3月11日。

南方总是潮湿多雨，那天也不例外。因为有事要去比较远的地方，所以决定先坐公交，再换乘。就是那时，我在公交车站见到一只淋得湿漉漉的小白狗，一身的泥点，在等候公交车的人群脚下钻来钻去。我看了它好一会儿，问是谁的小狗，可都没有人回应。很快，要等的公交车来了，我排着队往前移，这时小狗从我脚下钻过，停了下来，歪着脑袋看着我。

我看着它，然后离开了人群，蹲下来，慢慢伸手摸了摸它。它没有抗拒，乖顺地让我摸着脑袋。

我抱着它站起来，希望它的主人能找过来，可一直等到要乘坐的下一辆公交车到来，也没有人认领。我四顾茫然，踌躇了好一会儿，最后打了辆车决定带它回家。

在这之前，我养过一条小边牧，是在四十天的时候领回来的。看着它懵懵懂懂一天天长大，圆滚滚的小奶狗，额头和胸腹黑白相间的皮毛，油光水滑，可爱极了。可是没想到的是，它还未成年就出车祸走了。它是趁门没关严实偷偷溜出去的。

我哭得不能自已，抱着身体还柔软的它，到乡下找了个地方亲手把它埋了。埋得又深又平，希望它在另外一个世界不受打扰。

那时有好几个月我常常不能安睡，总是心悸失眠，非常痛苦自责。现在那种痛虽然有所减缓，可是犹记得出事那刻心如刀绞、天崩地裂的感觉像一把刀一样，在心上划了一下，即使好了还是留有疤痕。

有此前车之鉴，我变得小心翼翼。怕它饿，先给它买了两根火腿肠，没想到它非常喜欢吃，一时喂慢了，竟急得站起来冲我不停打转。因为还要出门办事，我找出以前的牵引绳把它拴在家里，又翻出狗盆，盛了清水放在旁边。我办完事，匆匆赶回来，等不及在网上买狗粮，就冒着雨跑去了花鸟市场。看着它狼吞虎咽、吃得一粒不剩的模样，我欣慰得像个老母亲。

02

我是后来才意识到它当时很不安的情绪的。陌生的地方、陌生的人，对于人来说都不可避免，何况是狗呢？

我坐在沙发上玩手机，它就趴在那里，呆呆地望着门口；我一走动，或进房间，或上厕所，它就爬起来，看看我在哪里；晚上它都睡了，我去洗澡，它会立马从窝里爬起来，一直追着我到卫生间。而现在，它经常趴在一个地方，动都不动，叫它就只是拿眼睛瞟你一下，懒得理你。

在朋友圈发了领狗启事，第二天给小狗洗澡后，发现竟是一条白色博美。一身浓密的长毛，尾巴盘在背上，像一朵盛开的花，黑溜溜的圆眼睛，湿漉漉的短鼻头，尖尖竖起的耳朵，虽然有大煞风景的两道深深的泪痕，可是歪着脑袋看你的时候，简直让人无法抵抗它的可爱。

好几天了，还没有找到主人。可是小狗开始咳嗽了，好像嗓子里有异物，偶尔还流清鼻涕，每天半夜和早上醒来都要咳一阵，但是带它出去玩，又不怎么咳，食欲也正常。

心里总有些不安，于是就带它去附近认识的宠物店，让店主看看。

宠物店主说春天忽冷忽热，狗狗跟人一样，一不小心就容易着凉，这也是很正常的现象，扛一扛就过去了。

可是两三天后，小狗咳得越来越频繁了。

我问了问周围的人，然后就带着小狗去了市中心的一家宠物医院。医生听说是捡来的，要先做犬瘟测试，幸运的是，它只是发烧到四十度，并不是犬瘟。

在医生的建议下，小狗连续打了五天的针。可是五天过去了，小狗还是不见好。认识的宠物店主建议不要打了，说烧已经退了，自己喂点消炎药，让等等再说，还说感冒不会好得那么快。

慢慢地，小狗还真不大咳了，我以为差不多好了，还带它去了远一点的地方玩。可是过了大概一个星期，小狗又开始咳了，而且这次眼睛发红，鼻头起皮，流浓鼻涕。吓得我赶紧带它去给宠物店主看，他一时没说话，我心里立马"咯噔"了一下。

当天晚上，小狗咳得越发厉害，每过两三个小时就会咳一阵，站起来撒尿，脚下都是虚的。

我一晚没睡好，第二天一大早就带它去宠物医院。到的时候医院刚开门，都还没开始打扫卫生。医生量了体温，说小狗还在发烧，建议再做一次犬瘟测试。结果就是犬瘟。

也许早有预感，我竟然没有太意外，只是有一瞬间的晕眩，然后哑着嗓子问怎么办。医生说先吊一个星期的水，救不救得回来再说。

我向养狗的街坊邻居询问了一圈，哪里有好的宠物医生。可是很多人一听犬瘟就摇头，都让我不要治了，花钱不说，还让小狗受罪。因为犬瘟到后期，病毒侵入脑神经，小狗无法进食，浑身抽搐，非常痛苦。于是，我又找了宠物店主，他告诉我犬瘟治不好的概率在80%以上。不过，他看我坚持，就推荐了另外一个住在老城区的宠物医生。

医生用了很多药，免疫球蛋白、单抗、血清、干扰素、消炎药等，还又是吊水又是打针，狗狗一到医院门口就吓得瑟瑟发抖，打针的时候疼得嗷嗷惨叫，可怜极了。

期间这个医生要回老家一趟，又把我转给了另外一个经验丰富的老兽医。

就这样，小狗在煎熬中度日如年。每天晚上仍然不停地咳嗽，喘得像破旧的风箱一样，脚垫都硬了，吃也吃不好，睡也睡不好，偶尔还呕吐。我在一边看着，难过得不知道该怎么办，只能不停抚摸它，告诉它会好起来的，一定要挺住。

有一天，我带小狗去医院，因有事绕了点远路，在路过一片湖泊时，一眼瞥见了一黄一黑两条狗的尸体静静地躺在草堆里，周围苍蝇嗡嗡飞个不停，当时我眼泪差点流出来。

03

春天本该是万物复苏、生机勃勃的美好季节,而我的这个春天却过得如坠寒冬,心时时刻刻吊着,一时担心小狗病情恶化,一时又安慰自己会好的。

打了一个星期的针,老医生说狗狗眼睛不红,眼神也清澈了,这说明狗狗在往好的方向发展。但老医生又说犬瘟病情最容易反复,现在说治好还为时过早,坚持继续治疗吧。

回去查了很多资料,才知道犬瘟治疗期间一旦反复,几乎没有治愈的希望。我的心一下子又提起来。除了去医院打针,每天定时给小狗喂消炎药、止咳糖浆,滴眼药水,用药水洗干裂的鼻子,喂营养膏,一天至少量三次体温外,还要熬中药,然后用注射器强灌给小狗吃。

大概半个月后,狗狗咳得没那么严重了,喘气也好多了。有一天狗狗在睡觉的时候,后肢连续抽搐了好几下,吓得我差点魂飞魄散。因为抽搐是犬瘟的典型表现,一旦抽搐,基本上就等于没救了。

就这样,在担心害怕中惴惴不安地过了一个月,小狗终于停止了咳嗽,鼻头也开始变黑变湿了,只是脚垫还硬硬的。

因为牵绊，所以坚强

我仍然不敢掉以轻心，因为犬瘟要两个月没事，才算真正的痊愈，所以有些药还不能停。

一天早上，大概六点多的时候，我带它出去散步。沿着马路溜达，一个送牛奶的工人骑着电动车从身边经过，回头朝我张望了两次，停了一下，又掉头回来，叫了声小狗原来的名字。小狗见到他，非常激动，一个劲儿地往他身上爬，喉咙里发出激动的声音。

他想要回小狗。

我跟他说小狗生病了，是犬瘟，还在治疗中，得继续吃药。

他大概认为我是想讹钱，说道："这么活泼，哪像生病的样子！我家狗从来没生过病，你就说你想要多少钱吧！"

站在马路上吵架实在不像样子，我把他带到小区门口，掏出手机给他看，微信里有和宠物医生的聊天记录，也有和朋友讨论病情的聊天记录，都有涉及费用。

他看了之后，没有说话。

我说："你去这条街打听一下，就知道我是不是讹你。"

最后他走了。

小狗怔怔看着他离去的背影。接下来一整天都无精打采地趴在门口，似乎知道自己被原主人放弃了。

他知道我的住处，但是后来他再没有找过我。

04

犬瘟四十天的时候，小狗脚垫开始变软。

犬瘟五十天的时候，带它去打疫苗。疫苗期间一切正常，这就意味着犬瘟治愈。

小狗生病期间，我每天都会给它喂三四顿，并且给它喂营养品，这就导致它后来胖了快四斤，连医生都建议让它每天适当地运动运动，减减肥。

我只好听从医生的建议，给它减肥，每天早上带它到附近的小公园慢跑。

一个阴天清晨，路边草丛上还有露水，公园门口空地上阿姨们已经兴致勃勃地跳起了广场舞。我牵着小狗站在一边看，忽然一条金毛不知从哪里窜出来，冲进了阿姨群中，把几个阿姨吓得花容失色，到处闪躲，对金毛是又踢又骂。金毛也受到了惊吓，惊慌失措地转着圈不知道往哪儿逃。

我见它被人打了，上前招了招手，喊道："过来。"

浅金色的长毛，又顺又滑，一看就是走丢的。

金毛一路跟着我回家。

到了门口，小狗见到金毛想进门，气坏了，龇牙咧嘴叫个不停,一副要拼命的架势。

我只好把金毛送到附近宠物店寄养。然后在朋友圈、微博到处问谁家丢狗了,还打印了狗狗的样子,在附近电线杆上一路张贴"招领启事"。

"招领启事"第二天就被环卫工人撕了。

我这才想起,私自张贴小广告是违法的。

好在两天后我接到了金毛主人的电话。很快,金毛就被领走了。

从此,小狗就不许我随便摸别的狗。

端午节时,我带它回爸妈家,只要我一抱起半岁的小侄子,它就叫个不停。一放下,就会不叫了。

我妈说,小狗忌妒心可真重呀。

除了爱叫,它还爱打架,不知天高地厚连德国牧羊犬都敢挑衅。

所以只要外出,我都会用牵引绳拉着它。可是凡事都有疏漏。

一天我开门搬一盆盆栽(当时我住一楼),小狗一个闪影冲出去,跟路过的一条白狗打了起来。我赶紧放下盆栽,冲上前抱起小狗。

白狗不依不饶,气得跳起来,结果牙齿蹭到我左手,手破皮出血了。

白狗的主人是个中年大叔，对自己狗狗凶悍的脾性大概心里有数。可能他是个怕老婆的，打电话叫来了他老婆。

他老婆带我去打狂犬疫苗。医生说一共要打四针，分三次打。

每次我打完针，胳膊都很酸胀，也没有精神。

经过此事，也给了我一个警告，以后只要出门，绝对不能放开牵引绳。

05

我不知道别人家的狗狗对食物要求怎样，我家的小狗是既不喝酸奶也不吃苹果，西瓜、玉米之类的水果蔬菜一闻就掉头走，可是对于猪肉、鸡肉等则是来者不拒。总是会在地上捡肉、骨头、火腿肠之类的东西吃，我一旦发现，立马把手伸进它嘴里抠出来。一开始，它很不情愿，但这样多了几次后，它就再也不会在外面捡东西吃了。

这也让我意识到，有些习惯是需要教给它的，可不知道怎么回事，有些习惯怎么教都没用，比如说，邻居随便给个什么东西就会吃。

这可能跟我之前把它寄养在邻居家有关。

冬天的时候，我要去外地出差，就把它放在了隔壁邻居家寄养。离开的那两天，我时不时就会想起它，不知道它适不适应，有没有按时吃狗粮……

半夜回到家，不好打扰邻居，所以第二天一大早就去敲门。小狗看到我时，激动得直往身上扑，把我扑得一个屁股蹲坐在地上，喉咙里发出从来没有听过的急促的"呜呜"声，并且不停地用脑袋蹭我。它叫声委屈却又有点凶巴巴的，还夹杂着一种责怪的意味，像是在质问我这两天去哪儿了。

邻居小孩见到此情此景，诧异地说了句："小狗疯啦！"

我抱着它，感觉像自己的小孩。

又是一年春好处，桃花如约而开。

捡到小狗已经一年了，通过这一年的相处陪伴，我懂得了一个道理，人的存在，除了安全感，还有被需要、被依赖，这两者也很重要。而正是小狗全身心的信赖和需要，让我多了一份责任，这让我更加有勇气地面对生活的不易。久而久之，对世事也多了一份宽容。

因为牵绊，所以坚强。

李李翔：言情小说家，尤擅描绘纯粹美好的爱情，深受万千读者喜爱。

其代表作有《大约是爱》《初情似情》《倾城别传》等。